A.M. LE COMTE DE VIBRAYE

LA VIE
ET LES
AVENTURES
DE
JOSEPH THOMPSON,
TRADUIT DE L'ANGLOIS.
SECONDE PARTIE.

A AMSTERDAM,
CHEZ J. H. SCHNEIDER.

M. DCC. LXII.

TABLE
DES CHAPITRES

Contenus dans la seconde Partie.

II. Partie.   a

DES CHAPITRES

TABLE, &c.

LA

LA VIE
ET LES
AVENTURES
DE
JOSEPH THOMPSON.

CHAPITRE XIX.

Il rend compte à son pere des bontés de son maître : obtient le pardon de ses folies passées : reçoit un present de sa mere. Portrait de Thompson. Il va visiter Sir Walter Rich. Comment il y fut reçu. Portrait de Miss Louise Rich. M. Diaper reçoit une lettre qui l'oblige à partir.

LA premiere occasion que je pus rencontrer, je priai mon pere de m'accorder quelques momens d'entretien : il s'y prêta volontiers ; & me menant dans son cabinet, il me demanda avec

II. Partie.   A

beaucoup de tendreſſe , ſi j'avois quelque
choſe de particulier à lui demander ; que
ma conduite lui avoit été ſi agréable , que
je pouvois compter l'obtenir dans la minute. Un prélude ſi indulgent penſa me déconcerter tout-à-fait ; je reſtai preſque ſans
mouvement & avec les yeux fixés vers la
terre. Il me prit dans ſes bras ; & me ſer-
rant tendrément , il me dit qu'il apréhendoit que je ne me trouvaſſe incommodé ,
ou que je n'euſſe ſur le cœur quelque choſe , qu'il me conjuroit de lui découvrir.
Mon cher fils , me dit le meilleur de tous
les hommes , regardez-moi comme un vé-
ritable-ami de cœur , & écartez ce reſte
de réſerve que pourroit vous inſpirer la pre-
ſence d'un pere. Je lui ſaiſis la main ; &
après un moment de ſilence , je lui racontai toutes les extravagances que j'avois com-
miſes ; je lui fis un détail ſincere de toutes
mes malheureuſes aventures , ſans lui rien
cacher que quelques circonſtances , qui
auroient pu bleſſer la pureté de ſes oreilles.
Sa ſurpriſe fut ſi grande , que j'eus tout
le tems, ſans être interrompu , de lui aprendre la conduite généreuſe de mon cher
maître & de ſon fils ; & je le fis dans les
termes les plus forts que la reconnoiſſance
put me dicter : je n'oubliai point la cir-
conſtance de mes dettes que M. Diaper
s'étoit chargé de payer , & enfin tout ce
que je crus ne pouvoir me diſpenſer de lui
dire ; & je finis par les obſervations que
devoit naturellement occaſionner la vue

de ma mauvaife conduite. Quand j'eus fini, je m'aperçus qu'il étoit étrangement touché : il me dit de refter là jufqu'à fon retour, & me laiffa partagé entre le chagrin de l'avoir contrifté, & la joie de me fentir foulagé d'un poids qui m'accabloit. Il revint au bout d'un petit quart-d'heure, & avec un fourire de fatisfaction il me tira de peine, en difant que, quoique le recit de mes fautes l'eût extrêmement affligé, mon repentir lui paroiffant fi fincere, & mes réflexions fi juftes ; & d'ailleurs que n'y ayant qu'un principe de juftice envers lui, & de reconnoiffance pour mon maître qui eût pu me déterminer à lui faire cet aveu, il ne pouvoit s'empêcher de me pardonner. Venez donc, mon fils, venez dans mes bras, je ne veux le céder en rien à votre maître & à cet excellent ami. Je lui écrirai dès demain, pour le remercier, & lui faire remettre la fomme qu'il a bien voulu vous prêter fi généreufement. Vous me dédommagez, mon cher fils, de la peine & des dépenfes que vous m'avez caufées, en me comprenant avec lui dans le nombre de vos bienfaiteurs. Plaife au Tout-puiffant, dont la bonté éclate fi manifeftement dans votre retour à la religion & à la vertu, vous faire la grace de vous foutenir dans une fuite d'actions conformes à fa volonté, & qui puiffent contribuer à votre félicité dans ce monde & dans l'autre. Ne parlons plus de vos fautes, je fuis réfolu de les oublier pour tou-

A 2

jours ; allons rejoindre nos amis qui nous attendent. A ces mots , sans me donner de tems que ce qu'il m'en fallut pour lui baiser la main , que je mouillai de mes larmes , il me laissa seul pour me remettre. Avant de pouvoir sortir de la chambre , j'entendis monter ma mere ; sur quoi je tirai promptement d'une tablette un volume des pieces de *Rowe* , & l'ouvrant à la scene de *Tamerlan* , où *Moneses* est étranglé , je fis semblant de lire ; elle aperçut mon trouble , & m'en demanda la cause , & je l'attribuai à l'intérêt que j'avois pris pour *Arpasie*. Cela me réussit à merveille , & ma mere avec qui je me trouvois seul pour la premiere fois , m'accabla de caresses , que je lui rendis avec une satisfaction inexprimable. Rien ne peut égaler la tendresse dont elle me donna des preuves ; elle répandit même des pleurs du plaisir qu'elle avoit à me revoir , & je l'aimois trop pour ne pas y mêler les miennes. Ce fut alors que cette aimable mere me mit dans la main une bourse de cent guinées qu'elle avoit réservées , disoit-elle , pour m'en faire present la premiere fois qu'elle me verroit à la campagne : & sans me donner le loisir de la remercier , elle me demanda si j'avois conservé la bague que m'avoit donnée Miss Rich , quand je l'eus sauvée du feu ? Je fus un peu ému à ce nom ; & je répondis , en rougissant , que je l'avois toujours , & qu'elle n'étoit jamais sortie de mon doigt. Elle me conseilla d'aller voir Sir Walter &

sa fille, qui avoient plusieurs fois demande de mes nouvelles depuis que j'étois à Londres. Sçavez-vous bien, continua-t-elle,
que Miss m'a presque toujours tenu compagnie, même depuis que son pere est dans
la nouvelle maison qu'il a fait bâtir dans
notre voisinage ; j'ai conçu pour elle une
affection qui ne céde qu'à celle que j'ai pour
vous, mon cher fils. Notre conversation
fut ici interrompue par l'arrivée de M. Diaper,
qui venoit nous chercher, pour nous engager à jouer : il prit ma mere par la main,
& lui dit qu'il ne lui pardonnoit point de le
priver de son ami ; aussi, Maman, pour vous
punir, j'ai résolu de jouer contre vous au
Whist, & de vous traiter de Turc à Maure.
Nous descendîmes donc tous les trois dans
la salle, où nous trouvâmes mon pere avec
nos deux amis. Le sort voulut que M. Archer & moi ne fussions pas de la partie ;
& comme je ne me soucie pas beaucoup
du jeu, je formai le dessein à l'instant d'aller
voir Sir Walter. Le discours de ma mere
m'avoit donné une envie de voir Miss
Louise, dont je ne cherchai pas à pénétrer
la cause pour lors ; mais je me flattai qu'il
n'y en avoit point d'autre que l'augmentation de talens & de perfections qu'elle avoit
acquise depuis que je ne l'avois vue. Par
les mêmes motifs je m'habillai avec plus de
soin qu'à l'ordinaire ; & communiquant
mon projet à M. Archer, il me dit qu'il
vouloit aller avec moi rendre visite à son
ancien ami. Nous nous entretînmes pendant

A 3

le chemin de mes aventures, ainſi que de ſon fils, & de mon ami M. Sharpley que nous marquâmes tous les deux avoir grande envie de voir. M. Archer me dit poliment, qu'il ſouhaitoit fort de trouver ſon fils auſſi bien façonné que moi quand il reviendroit, & fit beaucoup d'éloges de ma figure & de mon air, en diſant qu'il enverroit des lettres circulaires à tous les peres du canton, pour les avertir de renfermer leurs filles, juſqu'à ce que je fuſſe retourné à Londres. Ce diſcours, & la viſite que nous allions faire à Miſſ Rich, me fit jetter un coup d'œil pour la premiere fois ſur mon ajuſtement; & l'envie démeſurée de plaire dans l'endroit où j'allois, me rendit fort ſatisfait de l'opinion qu'avoit de moi M. Archer. Ma taille étoit en effet des plus avantageuſes; tous mes mouvemens annonçoient une force & une ſoupleſſe de membres qui ne démentoient point mon origine. J'avois le teint aſſez beau, & mes joues étoient couvertes d'un vermillon, que relevoient encore des cheveux noirs, qui tomboient en boucles ſur mes épaules, & qui étoient rattachés par derriere avec un ruban. J'avois dans les traits une douceur naturelle qui prévenoit en ma faveur ſi-tôt que je paroiſſois, & j'en ai ſouvent fait l'expérience à mon avantage. Joignez à tout cela des habits propres & de mode, & je devois figurer aſſez bien dans un village, d'autant plus que l'uſage nous permettoit dans notre commerce de porter du galon ſur nos cha-

peaux & fur nos veftes. Nous arrivâmes
en moins d'une demi-heure à la nouvelle
demeure de Sir Walter , où on voyoit
raffemblés tous les avantages de l'air , de
l'eau & de la fituation : une allée d'ormes
conduifoit à une maifon bâtie à la moder-
ne , & annonçoit le bon goût de l'architec-
te : tout y avoit un air de fimplicité cham-
pêtre ; le corps de logis n'étoit point chargé
de ces ornemens , qui à la vérité contribuent à la magnificence d'un palais à la
ville ; mais qui font ridicules dans un bâtiment qui ne femble deftiné que pour s'y
délaffer des affaires , s'acquérir de la fanté
& de la vigueur , & jouir de la tranquillité
de l'ame. Une pareille retraite ne doit être
formée que pour faire briller les beautés de
la nature , fans les furcharger trop par les
touches affectées de l'art : en un mot, Sir
Walter fembloit avoir été conduit par un
rayon de ce génie qui paroît avec tant d'é-
clat dans les magnifiques , & cependant
fimples retraites d'un *Boyle* ou d'un *Tem-*
ple.

A peine avions-nous parcouru la moitié
de l'avenue , que nous rencontrâmes Sir
Walter , fon neveu , & fa charmante fille.
Sir Walter qui avoit apris mon arrivée ,
n'eut pas bien de la peine à deviner qui
j'étois , quoiqu'il me jurât que fans cela il
ne m'eût pas reconnu : il m'embraffa en me
proteftant qu'il étoit auffi charmé de me
voir que fi j'euffe été fon propre fils. Je
répondis à fon compliment dans les termes

A 4

les plus polis que je pus , ainſi qu'à ceux
de ſon neveu , que je trouvai le même que
je l'avois laiſſé. Tandis qu'ils étoient occupés à complimenter M. Archer , je ſaluai
Miſſ Louiſe , & je la vis changer pluſieurs
fois de couleur : je la trouvai ſi embellie ,
que toute mon aſſurance m'abandonna , &
fit place à un reſpect qui convertit mes hommages en une eſpece d'adoration. Jamais
on n'a vu tant de graces & de charmes
réunis que j'en apperçus dans cet inſtant ;
l'imagination la plus recherchée ne preſente
pas à la fois tant de perfections réelles. Miſſ
Louiſe étoit d'une taille médiocre ; elle
n'avoit de gorge , que ce qu'il en faut pour
déclarer ſon ſexe : ſa figure étoit trop belle
pour pouvoir être bien rendue : ſon col
étoit ombragé par des cheveux noirs & bou-
clés , qui flottoient au gré du vent ; ſon viſage , dont tous les traits étoient réguliers ,
étoit accompagné par deux yeux exactement
de même couleur que ſes cheveux , & les
plus beaux qui aient jamais donné de l'a-
mour. Une habitude de réfléchir qui lui
étoit naturelle , répandoit ſur toute ſa perſonne une douceur & une langueur inimitable qui pénétroit juſqu'à l'ame : mais quand
elle ſourioit , on découvroit en elle mille
autres beautés. Ses dents d'yvoire , & les
petites foſſettes qui paroiſſoient alors au milieu de ſes belles joues , produiſoient un
effet qui ſe ſent aiſément , mais que l'ex-
preſſion ne peut rendre qu'imparfaitement.
Elle avoit la main petite , plus petite même

que ne l'ont ordinairement les femmes de
fa taille ; & fes pieds qui étoient tout ce
que fa modeftie lui permettoit de découvrir, ne paroiffoient pas capables de foutenir le poids de fon corps. Toutes fes actions
étoient accompagnées d'un air de dignité
& de majefté qui partoit du témoignage de
fon innocence & de fa vertu ; mais on n'y
entrevoyoit pas la moindre teinture d'affectation & d'orgueil ; fon caractere y étoit
trop opofé. Telle étoit cette charmante fille ;
doit-on donc être étonné fi toutes mes facultés fe raffemblerent pour l'admirer. Avez-
vous entendu les airs enchanteurs, & les
douces cadences de l'inimitable Handel ?
Telle étoit fa voix dont les accens mélo-
dieux répandoient par-tout une joie inexprimable. Philomele n'a pas les fons fi doux,
lorfqu'elle chante fes peines aux échos du
voifinage, ni l'alouette quand elle célebre
par fes chants le retour du matin.

Je fus bientôt interrompu dans mon admiration par l'arrivée de Sir Walter & de
M. Archer, qui s'aprocherent de nous, au
moment que Miff me félicitoit fur mon arrivée à la campagne d'un air qui m'annonçoit qu'elle me fçavoit bon gré de ma vifite. Eh bien, mon garçon, me dit fon
pere, que penfes-tu de Louife ? Crois-tu
qu'elle vaille la peine qu'on la fauve du
feu ? Je voudrois de tout mon cœur que
tu euffes un état à lui donner, ou que ce
drôle-là, à qui je la deftine s'il fe comporte
bien, pût acquérir ton mérite ; (en difant

ces mots il montroit du doigt fon neveu ;
qui étoit à quelques pas de nous,) car je
penfe qu'une belle fille & un joli bien doivent être confervés dans la famille d'où ils
fortent. Ce difcours brufque du bon Baro-
net fit rougir fa fille ; & M. Archer craignant que la fuite de la converfation ne lui
fît encore plus de peine, changea de difcours, & propofa d'aller au château que je
n'avois pas encore vu. Alors prefentant à
Mifs Louife ma main qu'elle accepta avec
plaifir, nous fuivîmes fon pere qui nous introduifit dans fa maifon. L'intérieur répon-
doit à l'opulence du maître : rien n'y man-
quoit de tous les meubles & les ornemens
qu'on peut avoir quand on eft riche, &
qu'on fe fait honneur de fon bien. Il étoit
tard quand nous arrivâmes ; ainfi cette premiere vifite ne fut pas longue : on me fit
promettre en partant que j'irois tous les
jours, & le Chevalier m'annonça qu'il ne
me le pardonneroit jamais, fi je ne faifois
pas une partie de chaffe avec lui, & fi je
ne regardois fa maifon comme la mienne,
tant que refterois à la campagne ; il ajouta :
(ce qui à la vérité étoit plus flatteur pour
moi que tout le refte,) je vous réponds
que Mifs trouvera bien quelque moyen de
régaler fon libérateur. Elle y confentit par
un figne de tête, & renchérit de la façon
la plus engageante fur l'invitation de fon
pere. Pendant notre retour, M. Archer remarqua que j'étois rêveur, & me demanda, en riant, fi je n'avois pas oublié de

rapotter mon cœur? Ah, me dit-il plus fé-
rieufement, je fouhaiterois bien que vous
puiffiez poffeder cette fille admirable, qui
eft deftinée aux embraffemens de ce ruftre
que nous avons vu, & qui fera peut-être
malheureufe avec lui. De retour au logis,
on nous gronda de nous-être éclipfés, jufqu'à ce que nous en dîmes la caufe. M.
Diaper mon ami me parut plus trifte qu'à
fon ordinaire : craignant qu'il ne fût incommodé, je lui propofai un tour de prome-
nade au clair de la lune ; il y confentit volontiers ; & quand nous fûmes feuls, il tira
de fa poche une lettre qu'un exprès lui
avoit aporté depuis que j'étois forti, & me
dit en foupirant : Vous verrez la caufe de
ma peine ; il faut que je parte demain. J'ouvris promptement cette lettre en tremblant ;
elle contenoit ce qui fuit :

Mon cher Monfieur,

„ Votre compagnie nous a fait trop de
„ plaifir pour ne pas profiter de l'occafion
„ de vous en remercier. Je le fais d'autant
„ plus volontiers, que je crois que vos fen-
„ timens pour une certaine jeune Dame
„ vous détermineront à nous venir voir le
„ plutôt que vous pourrez. La pauvre Miff
„ Suckey a eu une fiévre violente qui lui
„ a donné le tranfport pendant quelque
„ tems. Quoique la force de la maladie foit
„ paffée, & qu'elle foit maintenant con-
„ valefcente, il lui eft refté une foibleffe

,, qui la rend un objet digne de pitié. Et
,, pour ne vous rien cacher, je crois que
,, votre abſence influe autant ſur ſon eſ-
,, prit, que la maladie a fait ſur ſon corps.
,, L'éducation de ma ſœur & ſon caractere
,, incapable d'affectation & de diſſimula-
,, tion, ne lui ont pas permis de me ca-
,, cher ſes ſentimens. Vous êtes trop gé-
,, néreux pour en eſtimer moins une fem-
,, me de mérite pour cela. En un mot,
,, mon cher, ſi vous venez nous voir, je
,, ſuis ſûr que vous aurez beaucoup de part
,, au rétabliſſement de cette pauvre fille.
,, Je vous crois trop d'honneur pour reſter
,, les bras croiſés, & ne pas vous rendre à
,, un défi de cette nature. Je preſente mes
,, reſpects ſinceres à mon ami Thompſon;
,, mais je n'aurai pas la cruauté d'exiger
,, qu'il vous tienne compagnie. Quelque
,, deſir que j'aie de le voir, ce ſeroit l'ar-
,, racher trop tôt aux empreſſemens de ſa
,, famille. S'il vouloit s'oppoſer à votre voya-
,, ge, aſſurez-le de ma part que vous re-
,, tournerez dans huit jours au plus tard.
,, Mon épouſe vous fait ſes complimens à
,, tous les deux. Je ſuis votre ſincere ami
,, & très-humble ſerviteur. *A. Bellair.*

,, « *P. S.* Songez bien que ce voyage ne
,, vous diſpenſera pas de tenir la parole que
,, vous m'avez donnée l'un & l'autre de
,, paſſer ici quelques jours, en retournant
,, à Londres. Quand vous verrez ma ſœur,
,, ne lui parlez pas de cette lettre, votre
,, arrivée ne lui en fera que plus de plai-
,, ſir. «

Je ne pus pas m'opofer au defir qu'avoit mon ami de partir ; fon impatience jufqu'au matin fut telle qu'il ne dormit point de toute la nuit. Je me chargeai de faire fes excufes à mon pere & à ma mere , qui n'étoient pas encore éveillés quand il partit. J'écrivis une lettre polie à M. Bellair ; & montant à cheval tous les deux, je le conduifis l'ef-pace de quelques milles , & le laiffant pour-fuivre fon voyage , je revins au logis.

CHAPITRE XX.

Thompfon eft épris de Miff Louife. Il com-bat fa paffion, & tâche de la furmonter. Les avis de M. Diaper le détournent de fa réfolution. Sir Walter les amene chez lui.

JE ne tardai pas à inftruire mon pere & ma mere du départ de M. Diaper, & je fentis en moi-même un changement fubit & très-confidérable. La converfation me devenoit infipide même avec les perfonnes que j'aimois le plus ; je cherchois la foli-tude, & n'étois jamais plus fâché que quand on venoit m'y troubler. Je paffois des jours entiers , en l'abfence de mon ami , dans des promenades écartées pour y pouvoir rêver en liberté. Hélas ! je por-tois au dedans de moi , ce qui détruifoit mon repos & ma tranquillité. Toutes les fois que j'allois voir Miff Rich, j'en revenois toujours plus rempli du poison subtil qui détruisoit le pouvoir de ma raison ; & c'étoit envain que je l'apellois à mon secours. Je craignois même de voir cette aimable fille, dans l'apréhension que les mouvemens tumultueux de mon ame ne me trahissent. Je ne goûtois de plaisir qu'à penser à elle ou à lui parler ; mille sentimens tendres s'emparoient de mon cœur & m'arrachoient des larmes. Je ne sentois que trop que l'amour s'étoit fixé dans mon ame & la tyrannisoit sans pitié. Cette passion avoit fait en peu de jours tant de progrès, que j'étois incapable de toute autre pensée ; cependant c'étoit des sentimens purs & innocens que j'éprouvois, & non pas comme autrefois des desirs impétueux & désordonnés. Non ; ma passion étoit fondée sur la vertu, le mérite & l'excellent caractere de celle qui la faisoit naître ; & la raison même me disoit que c'étoit la personne la plus digne & la plus estimable qu'on eût jamais vue. Il me sembloit que je ne desirois de posséder que sa beauté, son esprit & sa confiance. C'est ainsi que je cherchois tous les moyens de me justifier mon état. Mais d'un autre côté, quand j'envisageois la différence de nos conditions & de nos fortunes, l'ingratitude dont je me rendois coupable envers son pere qui m'aimoit, & qui m'avoit instruit lui-même qu'il la destinoit à un autre, & que la possession d'une si digne femme étoit une récompense plus que suffisante pour toute une vie em-

ployée aux foins & aux travaux de la profef-
fion à laquelle j'étois deftiné ; l'idée des malheurs où j'allois me plonger, moi & l'objet
de mes defirs, me défefpéroit : cependant à
en juger par la connoiffance que j'avois
de fa prudence, des égards, & de l'o-
béïffance conftante qu'elle avoit pour fon
pere, j'avois tout lieu de douter qu'elle
me fut favorable, quoiqu'en toute occafion elle m'eût traité avec une diftinction
qui aprochoit de l'amitié due à un frere ;
(car c'étoit ainfi qu'elle m'apelloit, &
nommoit ma mere la fienne, & Sir Walter
même le lui avoit fouvent entendu répéter
avec plaifir.) Elle parut charmée du cas
que je faifois de la bague dont elle m'a-
voit fait prefent il y avoit plufieurs années ;
elle prenoit goût à ma compagnie, & au
contraire elle avoit conçu pour fon brutal
de coufin une averfion qu'elle ne pouvoit pas même s'empêcher de me faire
voir quand nous étions feuls. Etoit-elle à
fon clavecin, elle prenoit plaifir à jouer
les piéces les plus tendres ; & comme
j'étois enchanté de l'entendre, elle cher-
choit les occafions de m'obliger, en me
difant de l'accompagner de ma voix que
j'avois affez belle, ou avec la flute tra-
verfiere. Souvent pour me flatter, elle
louoit la vie des bourgeois, racontoit ce
qu'elle avoit entendu dire des fortunes fubite
des commerçans, & des mariages avanta-
geux qu'ils font quelquefois. Mon état actuel
d'aprentif étoit encore une autre circonftan-

ce défefpérante pour moi , & je maudiffois
le fort, qui, en me donnant en partage un
cœur fufceptible , vafte & ambitieux ,
m'avoit refufé une naiffance & une fortune fuffifantes pour me livrer à des efpérances fi louables. A la vérité ma famille
étoit une des meilleures du canton ; mais
le bien de Sir Walter, qui étoit confidéra-
ble , & fon titre , éloignoit toute idée
d'alliance. Ce que je pouvois efpérer du
bien & des épargnes de mon pere, fe ré-
duifoit à quelques milliers de livres fterlings , qui fuffifoient au plus pour me mettre en état de commencer mon commerce d'une façon affez avantageufe. Au contraire elle avoit indépendamment du bien
de fon pere , douze mille livres fterlings
de bien acquis , qu'un oncle lui avoit
laiffé : & comme fon pere ne paroiffoit
pss difpofé à fe remarier, il y avoit aparen-
ce , que tout fon bien feroit pour elle & fes
enfans : enfin tout contribuoit à détruire les
tentatives que je pouvois faire de ce côté-
là. Après les efforts les plus cruels , je pris
la ferme réfolution d'étouffer ma paffion ,
& de chercher de la guérir par l'abfence. Il
faut s'être trouvé dans d'auffi fâcheufes circonftances pour imaginer les violens combats que j'eus à foutenir , & les fuplices
que j'endurai. J'eus recours aux livres &
à la converfation de mes amis ; mais tout
cela fut inutile. J'allai me promener dans
tous les villages voifins , & je vifitai toute
la Paroiffe, où j'étois adoré à caufe de mon
                                        pere ;

pere ; mais chaque pas que je faiſois, chaque maiſon où j'entrois, m'offroit quelque choſe qui me rapelloit l'idée de ma chere Louiſe. Toutes les familles retentiſſoient de ſes louanges , & des témoignages de ſa douceur & de ſa bonté. Les pauvres du canton ſe reſſentoient tous de ſes bienfaits ; jamais aucune perſonne de ſon âge n'avoit fait voir tant de bonté , de piété & de charité. J'apris que ç'avoit été ſon occupation conſtante avec ma mere , dans leurs momens perdus ; & tout retentiſſoit des prieres & des ſouhaits que l'on faiſoit pour elle. Je m'adonnai alors à la chaſſe & aux autres amuſemens de la campagne : mais ces plaiſirs m'attiroient ſi ſouvent du côté de Sir Walter & de ſon parent, que je ne pus pas y réſiſter plus long-tems. L'un me forçoit toujours d'aller chez lui, où j'étois certain de rencontrer la cauſe de mes inquiétudes ; l'autre me choquoit tout-à-fait la vue, par l'idée que je me formois de ſon bonheur prochain. Pour lui, il regardoit les amitiés que je recevois comme autant d'inſultes pour lui ; & ſuivant la coutume des ames mépriſables & ſoupçonneuſes, il crut voir quelque choſe de plus particulier qu'à l'ordinaire entre Miſſ Louiſe & moi. Il en parla pluſieurs fois à ſon oncle d'un air d'envie ; celui-ci ſe mocquoit de lui, & rioit de ſes frayeurs. Sot que vous êtes, lui diſoit-il ſouvent, vous n'avez pas l'ombre de mérite, & vous êtes jaloux de ceux qui en ont ! Il ſera tems de la reſtreindre à votre

II. Partie.   B

compagnie & à votre humeur quand elle
sera votre femme. Malgré cette franchise,
Sir Walter étoit pourtant déterminé à sacrifier sa fille à un misérable qu'il méprisoit.
Après le retour de mon ami, dont la presence avoit entiérement dissipé la maladie
de Miss Bellair, & qui étoit épris de plus
en plus de cette aimable fille, je proposai
à mon pere d'accepter l'invitation que nous
avoient faite M. Archer & M. Sharpley,
d'aller passer une ou deux semaines chez
eux ; il y consentit volontiers, & même il
nous y accompagna pendant quelques jours.
Je m'imaginois pouvoir y jouir à mon aise
de leur conversation & des amusemens qui
nous étoient préparés. Mais hélas, c'étoit
me fuir moi-même ; & je changeois si vi-
siblement, qu'un homme de moins de dis-
cernement que M. Diaper en eût aisément
soupçonné la cause. Il avoit déjà vu plusieurs fois Miss Rich, & la louoit à tous
propos ; & en remarquant ma façon d'agir
quand j'étois avec elle, il avoit deviné à
peu près l'état de mon cœur. Ainsi il ne parut point surpris quand je lui découvris la
situation de mon ame. Mais figurez-vous
ma surprise, quand au lieu de m'aider à
vaincre ma passion, il me parla de la maniere suivante. Je suis fâché, mon cher
ami, de vous voir embarrassé. Considérez
que Sir Walter fait une chose que Dieu &
la nature doivent également désaprouver,
& que c'est une entreprise ridicule que de
vouloir surmonter des antipathies. Non,

non, je vous aiderai en toute chofe pour délivrer cette jeune Demoifelle du fort malheureux qui la menace, fi elle époufoit ce brutal que fon pere paroît déterminé à lui donner. Pour vous, mon cher Jofeph, vous me paroiffez un parti fortable pour elle, & pour toute autre femme. Si-tôt que nous ferons de retour, je propoferai à mon pere de vous affocier avec lui; & au bout de quelques années Sir Walter ne rougira plus de votre alliance. S'il le fait encore, fa fille a une fortune acquife qui ne dépend pas de lui; je crois qu'on eft difpenfé d'obéir aux parens quand leur volonté tend à faire notre malheur; je fuis fûr au contraire que ce feroit une des plus grandes fautes que l'on pût commettre, & une offenfe contre le Ciel. Tâchez donc par toute forte de moyens honnêtes de gagner fon affection. Quant au tems qui refte encore à paffer de votre aprentiffage, ne vous en mettez pas en peine; je fçais les confidérations que mon pere a pour vous. Qu'il eft aifé de nous perfuader, quand on flatte nos defirs & nos inclinations! L'amitié & la tendreffe de ce cher compagnon me tirerent des larmes, & je demeurai quelque tems dans fes bras fans parler, tant fa générofité m'avoit touché. Quand je fus un peu remis, ma reconnoiffance fut extrême; & je n'eus point d'objection à lui faire, tant fon avis cadroit exactement avec mes defirs. Je repris ma tranquillité ordinaire, & je me fentis autant d'envie de

B 2

retourner chez mon pere, que j'en avois eu auparavant de m'en éloigner.

Telle étoit la situation de mon ame, quand un matin Sir Walter vint à grand bruit à la porte de M. Archer, & mettant pied à terre, il monta dans notre apartement où nous ne faifions que commencer à nous habiller. Allons, allons, mes amis, on ne peut plus fe paffer de vous au logis. Ma fille m'oblige de donner un bal cette nuit à tous les gens du voifinage, afin que vous y veniez tous les deux. Ainfi point de repliques, montez à cheval, & venez tout de fuite avec moi : peut-être rencontrerons-nous en chemin du gibier qui nous aidera à vous donner à dîner. Il n'attendit pas notre réponfe, & continua fa converfation d'un air gai, jufqu'à ce que nous fumes prêts à partir ; pour lors nous prîmes congé de nos bons amis, qui promirent de nous joindre dans un ou deux jours. Nous fuivîmes Sir Walter, qui fut extrêmement picqué de ne rien trouver dans la route qui valut la peine d'être tué. Nous arrivâmes à fa maifon à l'heure de midi après un voyage agréable, pendant lequel nous l'entretînmes des diverfes aventures de la ville ; il ouvroit de grands yeux, & répétoit à chaque inftant : C'eft le diable que cette ville de Londres.

CHAPITRE XXI.

Ils font reçus avec bien du plaifir par Miff
Louife. Thompfon danfe avec elle au bal.
Un accident lui découvre fon amour.
Comment il eft reçu. Thompfon eft atta-
qué & bleffé par des inconnus , & porté
chez Sir Walter. Chagrin de Miff Louife
à cette occafion. Elle lui déclare auffi
qu'elle l'aime.

SIr Walter ne voulut pas nous permettre d'aller au logis prendre du linge ;
mais il envoya un domeftique chercher nos
habits les plus propres chez mon pere, & en
même-tems il le fit inviter , lui & ma mere , à fe trouver au divertiffement que fa
fille donnoit le foir. Quand nous fumes
habillés , il nous introduifit dans l'apparte-
ment de cette aimable fille que nous trouvâmes avec une robbe traînante de damas
blanc , qui faifoit un deshabiller charmant : fes parures étoient fi chargées de
diamants que je n'avois jamais rien vu de
fi riche. Mais ces ornemens au lieu d'augmenter fes charmes empruntoient encore
de l'éclat de fa beauté , & ne fervoient
qu'à faire briller fes graces naiffantes. Après
les premiers complimens elle fe joignit à
fon pere pour me railler de ma longue
abfence. Je laiffai échaper un foupir qu'il
ne me fut pas poffible de retenir ; elle s'en

aperçut , & me demanda fi j'avois été
malade : à quoi je lui répondis , que rien
n'auroit pu m'empêcher de profiter de la
feule fociété où je me plaifois , fans une
certaine mélancolie que j'éprouvois depuis
quelque tems. Elle parut embarraffée de
ma réponfe , & alloit me repliquer , lorfqu'on vint avertir que le dîner étoit fervi.
Nous nous mîmes à table : il y avoit entr'autres chofes un pâté de poulets. Je vous
ai entendu dire , M. Tompfon , me dit
cette belle fille , que c'étoit votre mets
favori : je l'ai fait faire exprès pour vous ;
ainfi vous m'obligerez beaucoup d'en bien
manger. Une pareille attention me tranf-
porta : je lui répondis d'un air & d'un ton
qui lui firent aifément concevoir combien
j'étois reconnoiffant. La converfation s'a-
nima ; mon ange fit & dit tant de chofes
agréables , que nous en fumes ravis d'admiration , mon ami & moi. Le vieux gentilhomme étoit prêt de crever dans fa peau
de joie , & protefta que c'étoit ma compagnie qui la lui infpiroit. Vois-tu , mon
garçon , elle a toujours été trifte depuis
que tu es parti ? mais fi jamais tu lui joues
un pareil tour , tant que tu feras à la campagne , je ne te le pardonnerai de ma vie :
ni moi non plus , je vous affure , mon
papa , dit Miff , avec un fourire gracieux
& inimitable. Oui-dà, repliqua Sir Walter , ni moi ni ce drole-là , en montrant
fon neveu , ne fommes rien pour elle :
elle aime votre compagnie , parce que vous

lifez beaucoup, & que vous fçavez bien des chofes que nous ne connoiffons pas. La nuit aprochoit , & la compagnie étant arrivée de bonne heure , nous fumes obligés de paffer dans la falle du bal qui étoit ornée avec beaucoup de magnificence & de goût. Tant que le bal dura , j'eus le plaifir de tenir compagnie à ma charmante maîtreffe ; à lui toucher feulement la main , je me fentois enflammé de nouveaux feux. Son coufin s'amufoit pendant tout ce tems-là à boire & manger avec fes compagnons dans la falle , notre façon de paffer le tems n'étant conforme ni à fon goût , ni à fon inclination. Sir Walter danfa avec ma mere , & M. Diaper trouva une aimable compagnie dans une jeune Dame du voifinage. Le tout fut terminé par un bon repas froid , qui fit connoître le bon goût & l'arrangement de la maîtreffe de la maifon. Sir Walter ne voulut pas nous permettre de partir le foir même ; après que fa fille fe fut retirée , il voulut que nous fiffions la débauche avec lui. En effet nous bûmes tant , contre notre ordinaire , que nous eûmes bien de la peine à gagner nos apartemens. Sir Walter jura qu'il nous trouvoit beaucoup plus vigoureux qu'il n'avoit cru , & non de ces lâches buveurs , comme il en avoit tant vu parmi ceux qui viennent de Londres.

Le lendemain Sir Walter propofa d'aller prendre l'air à cheval dans les plaines voifines ; fa fille confentit à venir avec nous.

Jamais je n'ai vu de femme monter à cheval avec tant de grace; elle avoit l'air de Diane, avec un habit de chasse le plus magnifique que son pere avoit pu l'imaginer. Elle montoit un beau cheval bay à longue queue, qui paroissoit fier du fardeau qu'il portoit; il mordoit son frein, & frapoit du pied, comme s'il eût senti l'honneur d'être monté par un tel cavalier. A peine étions-nous arrivés dans la plaine, que cet animal naturellement peureux, apercevant quelque objet qui l'épouventa, fit une caracolle de côté, & se mit à courir avec tant de violence, que la bride ne suffisoit pas pour l'arrêter. Sir Walter, & mon ami étoient restés assez loin derriere: pour moi j'étois à ses côtés. Elle fit un grand cri; l'animal vicieux couroit à toute bride. Effrayé du danger qui menaçoit Miss Louise, & apréhendant pour ses jours, je poussai mon cheval pour tâcher d'atteindre le sien & de l'arrêter. Mais avant que j'eusse le tems de le joindre, son cheval rencontra un trou au milieu de sa course, tomba & jetta cette aimable fille à plusieurs pas delà; je la trouvai évanouie, lorsque j'eus mis pied à terre: je la pris entre mes bras, & dans les premiers instans de mon désespoir, j'arrosai d'un torrent de larmes son beau visage, qui pâle & défait étoit panché sur mon sein. O ciel! que je suis malheureux, m'écriai-je! Dieu, rendez-moi ma charmante maîtresse, ou laissez-moi mourir avec elle. Mais hélas,

hélas, elle ne m'entend pas, & déjà elle
n'est plus ! Je ne sçais si mes larmes ou
mes exclamations entrecoupées la rapelle-
rent à la vie ; mais un soupir qui se fit
passage, me combla de satisfaction en m'a-
prenant qu'elle vivoit encore. Oh Dieu ,
continuai-je , sauvez cette charmante fille,
le modèle de vos perfections ! Puis jettant
les yeux sur elle , j'aperçus les siens ou-
verts. Dans le transport de ma joie, j'imprimai un baiser ardent sur son front : mais
rentrant en moi-même , je rougis , & j'é-
tois prêt à me laisser tomber par terre , à
la vue de ma présomption. Elle s'arracha
de mes bras , & me dit doucement : M.
Thompson , je vous incommode , je suis
maintenant en état de marcher. Ma chere
Dame , lui dis-je en bégayant , permettez-
moi de vous soutenir , vous êtes sûrement
blessée. Dans ce moment nos deux amis
arriverent. Ils avoient rejoint le cheval ,
qui, après cet accident, avoit pris, en ga-
loppant le chemin de la maison , & leur
avoit donné les premiers soupçons de cet
accident. Je m'essuyai le visage , & tâchai
de cacher mes pleurs. Sir Walter fut transporté de joie de ce que sa fille n'étoit point
blessée , & mon ami prit part à la satisfaction générale. Pour moi j'étois tout-à-
fait confus par la crainte d'avoir encouru
son indignation par ma témérité , & en lui
découvrant mes sentimens. Je mis sur mon
cheval la selle de femme qui étoit sur le
sien , & je l'aidai à remonter , sans oser

II. Partie.   C

la regardet. Sir Walter m'embraſſa cent
fois ; il étoit ſi ſenſible au ſervice que j'a-
vois rendu à ſa fille, que pendant tout le
reſte du chemin, il ne ceſſa de m'accabler
de louanges, & de remerciemens. Miſſ Louiſe parla peu, & parut fort réſervée. Chacun
attribua ſon ſilence à l'accident qui venoit
de lui arriver : pour moi je le regardai
comme une marque de ſon reſſentiment ;
cette idée me mettoit au ſuplice. Si-tôt que
nous fûmes arrivés, elle demanda per-
miſſion de ſe retirer elle alla ſe mettre au
lit, & ſa femme de chambre nous vint dire
qu'elle étoit fort mal. On envoya auſſi-tôt
chercher du ſecours ; ſon état nous jetta
tous dans des allarmes & des inquiétudes
inexprimables. Je réſolus de ne pas ſortir
qu'elle ne fût mieux : & Sir Walter fut
fort touché de nos allarmes. Hélas ! mon
déſeſpoir étoit complet ; & mon ami eût
bien de la peine à m'empêcher de prendre
des réſolutions trop téméraires contre moi-
même, juſqu'à ce qu'on vint nous dire ;
qu'elle venoit de s'endormir, après qu'on
lui eût donné quelque reméde pour la
tranquilliſer. Le lendemain matin j'eus la
ſatisfaction d'aprendre qu'elle étoit totalement remiſe ; & elle parut au déjeûner
avec un viſage plus charmant que jamais,
s'il eſt poſſible : je fus le ſeul à qui il reſta
de la peine ; car elle me traita avec tant
d'indifférence, quoique très-poliment,
que je maudis mille fois l'imprudence qui
m'avoit privé en un inſtant de la douce

...miliarité avec laquelle elle me traitoit ...uparavant. Cependant elle me remercia ...'un air si sincére, que j'eus lieu de m'ap... ...laudir du petit service que j'avois eu le ...onheur de lui rendre ; mais je ne pus ...as surmonter ma timidité ; & ma con... ...usion me permit à peine de dire trois ...aroles pendant tout le déjeûner : je pris ...ongé avec un accablement d'esprit qui ...aisoit pitié. En arrivant chez mon pere , ...e me retirai dans ma chambre, si-tôt que la ...écence pût me le permettre, pour rêver ...n secret à mes peines. Je fus quelques ...ours dans un état de langueur & de mé... ...ncolie , qui inquiéta beaucoup ma mere ; ...a me croyoit malade ; lorsqu'il me vint ...e la part de Miss Louise une invitation ...'aller lui tenir compagnie. La joie dissipa ...es chagrins dans la minute ; je partis sur ...champ pour aller jouir de son aimable ...resence. Il y avoit à l'entrée de l'allée ...uverte qui conduisoit à la maison de Sir ...Walter, une espéce de bosquet que l'art & ...nature avoient à l'envie contribué à ren... ...e fort desert, & éloigné de la vue. Je ...oulus y passer pour abreger le chemin ; ...peine y étois-je entré qu'un coup de ...istolet me siffla aux oreilles, & m'éfour... ...t à l'instant ; je n'eus pas le tems de me ...tourner pour voir d'où le coup partoit, ...e je reçus un coup de bâton sur le bras , ...'un second sur la tête qui me renversa ...terre sans sentiment. Je ne sçaurois

C 2

dire si ces affassins redoublerent leurs mauvais traitemens, ni ce qui suivit. La premiere chose que j'aperçus après avoir repris mes fens, fut mon pere, & mon ami
pleurant à côté de mon lit ; je me trouvai
dans un apartement que je connoissois
point, si foible & si languissant que je pouvois à peine parler ; je leur demandai
d'une voix éteinte où j'étois, & qui m'a-
voit apporté là ? Ils furent charmés de voir
que j'avois repris connoissance ; mais ils
me prierent tendrement de me tranquillifer, & me promirent de m'informer de
tout, quand il en feroit tems. Ils n'en
dirent pas davantage ; & j'eus lieu d'apercevoir, par le chagrin qui paroissoit sur leur
visage, que j'avois été bien dangereusemen
malade. Je me tins tranquille pendan
quelques heures suivant leurs desirs ; mais
quoiqu'extrêmement foible, j'entendoi
tout ce qu'on disoit ; je vis ma mere fort
affairée autour de moi, & je fus surpri
de voir Sir Walter, M. Archer, & M
Sharpley, entrer souvent dans ma chambr
& demander de mes nouvelles. On me laiss
feul tout le reste du jour ; M. Diape
fut affidu auprès de mon lit : je lui demand
ce qui étoit arrivé ; mais il refusa toujou
de me satisfaire, & me pria instammer
de ne point le questionner là-dessus, qu
je ne fusse plus en état d'en entendre
recit. Forcé d'y consentir, je restai enco
trois jours dans cette incertitude ; enfin
ma jeunesse prit le dessus ; je me rétabli

...ez vîte. Je commençai d'abord à marcher ...ans la chambre en me tenant aux chaifes ...x aux tables ; & deux jours après j'allois ...ans aucun foutien, quoique mon bras ...me fît encore alors une douleur violente. ...Ce fut alors que mon ami, qui ne me ...uittoit point, crut pouvoir répondre fans ...danger à mes queftions, & il me parla ...ainfi. Dieu foit beni, mon cher Jofeph, ...de ce que vous êtes en fi bon état : vous ...avez eu pendant dix jours une fievre vio- ...nte & un délire continuel, qui nous ont ...it défefpérer de votre vie. Jugez du chagrin ...& de la peine que nous en avons tous ...fentis : l'on ne connoît point les auteurs ...e l'horrible traitement que vous avez ...eçu ; on n'a pu les découvrir malgré les ...perquifitions les plus exactes. Car on vous ...a trouvé dans le bofquet de Sir Walter, ...baigné dans votre fang : & quelques-uns ...de fes domeftiques vous ont aporté chez ...ui comme un homme mort ; vous y avez ...oujours été depuis, & encore à prefent ...ous êtes dans fa chambre à coucher. Je ...puis bien vous dire que Miff Louife a été auffi ...malade que vous, puifque votre convalef- ...cence a produit le même effet fur elle. ...Quand on vous eut aporté chez fon pere ...n cet état, elle s'évanouit, & l'on ...ut peine à la faire revenir ; mais quand ...s chirurgiens eurent prononcé que votre ...érifon étoit défefpérée, ou du moins ...s-douteufe, il ne lui fut plus poffible ...cacher fon chagrin. Elle pleura, s'arra-

cha les cheveux , & fit paroître tant de douleur , que tout le monde en fut furpris. Il
lui vint enfuite une fiévre qui la mit à deux
doigts de la mort. Sir Walter croit encore
à prefent que c'eft l'effet de l'amitié ; mais
votre mere & fa femme de chambre font
témoins du véritable motif ; elle difoit
qu'elle ne pouvoit vivre fans vous, & témoigna une tendreffe fi particuliere , que
chacun pût aifément en déviner la caufe.
A mefure que vous guériffiez, elle a repris
des forces , & maintenant elle fe porte
mieux que vous : elle demande toujours
de vos nouvelles ; mais elle a prié votre
mere , & ordonné à fa femme de chambre
de ne point parler des difcours qui lui font
échapés pendant fon délire. Je vous fais
mon compliment de cette découverte, &
je me félicite de vous l'avoir dite, dans
l'efpérance que cette penfée accélérera votre entiere guérifon. Il n'eft pas poffible ,
mon cher Jofeph, d'exprimer la douleur
& la peine que vous avez caufées à votre
pere & à votre mere , ni combien j'ai été
affecté du danger de perdre un ami auffi
eftimable. Sir Walter , malgré la diftraction
que lui caufoit la maladie de fa fille , a eu
autant de foin de vous que fi vous euffiez
été fon propre fils. Dites-moi prefente-
ment , cher ami , comment vous avez reçu
cette bleffure à la tête , & cette fracture
au bras , qui a tant embarraffé les plus ha-
biles chirurgiens des environs. Je fis à M.
Diaper le recit qu'on a déjà vu ; il en fut

fort furpris ; mais quoique nous conjecturâ-
mes qu'on avoit eu intention de me tuer,
nous ne pûmes deviner les Auteurs de cette
entreprife, d'autant que je n'avois jamais
défobligé perfonne dans tout le pays, &
qu'au contraire j'y étois univerfellement
aimé. L'idée de la maladie de ma chere
Louife m'affligea beaucoup : néanmoins
ce que je venois d'aprendre me caufa tant
de plaifir, que j'en oubliai & fa maladie
& la mienne, pour m'abandonner à mille
tranfports de joie. La connoiffance des fentimens de fon cœur me fit prefque benir la
main cruelle, qui, en me traitant fi mal,
avoit occafionné cette découverte. J'étois
auffi tranfporté de mon bonheur, que fi
ma chere Louife eût été déjà en ma poffeffion ; & la joie que cette idée me donna,
me rendit bientôt mes forces & ma premiere fanté. Cette aimable fille fe rétablit
auffi, & fut bientôt en état de quitter la
chambre. Nous demandions à chaque inftant des nouvelles l'un de l'autre ; maintenant que je me portois bien, je brûlois du
defir de la voir ; je réfolus pourtant de fuivre le confeil de mon ami, & de feindre
d'ignorer fes fentimens. Sir Walter voulut
me garder encore une femaine après ma
guérifon : alors mon pere, ma mere, M.
Diaper, M. Archer & Sharpley s'en re-
tournerent, après avoir remercié Sir Walter des attentions qu'il avoit eues pour
moi. Meffieurs Archer & Sharpley avoient
auffi refté pendant toute ma maladie, leur

C 4

amitié ne leur ayant pas permis de partir qu'ils ne m'eusse vu hors de danger.

CHAPITRE XXII.

Miss Louise lui avoue ses sentimens. Son aimable sincérité & sa prudence. Il est enchanté de ses bontés. Ils se jurent une constance éternelle. Réflexions naturelles sur l'amour. Conjectures sur l'accident de Thompson.

LA premiere fois que je vis Miss Louise depuis sa maladie, le vermillon de ses joues avoit entiérement disparu, & elle étoit si maigre & si pâle, qu'on avoit peine à la reconnoître. Je m'aprochai d'elle, & d'une voix mal rassurée, je lui fis compliment sur son heureuse convalescence. Elle le reçut d'une maniere si affectueuse, & parut si charmée de ma guérison, qu'il lui monta au visage une rougeur aimable, témoin sincere du plaisir qu'elle en ressentoit. Sir Walter nous donna dans ce moment bien de la joie à tous les deux : il lui échapa dans la conversation mille choses qui prouvoient la tendresse qu'il avoit pour sa fille, & son amitié pour moi ; & après avoir resté quelque tems à causer avec nous, il nous laissa seuls. Jamais je ne me suis trouvé dans un tel embarras ; je n'osois lever les yeux sur elle ; un transport de joie mêlé de confusion s'empara de mes sens, & je

restai quelques momens immobile & sans
voix : à la fin , prenant courage, je me
jettai à ses pieds, & rompis le silence en
ces termes : O la plus aimable des femmes !
c'est avec justice que j'ai été puni de ma
témérité d'avoir osé vous déclarer les sentimens de mon cœur , lors de votre dernier accident. Mais vous êtes bonne , &
j'espére que vous me le pardonnerez. Rien
au monde n'auroit été capable de m'arra-
cher ce secret ; il m'est échapé involontai-
rement , quand j'ai cru que j'allois vous
perdre. Ayez donc pitié de moi ; ne me
bannissez pas pour toujours de votre chere
presence. Mon action la surprit tellement
qu'elle n'eût pas la force de m'interrom-
pre , & je continuai. Je vous avoue que je
vous aime. Suis-je coupable pour cela ?
Tous ceux qui connoissent vos perfections,
en font autant. Recevez donc mes adora-
tions & mes hommages , ils ne troubleront
jamais votre bonheur ; & quoique je ne
puisse vaincre un amour téméraire , je lui
prescrirai des limites si étroites, que vous
ne pourrez jamais en être offensée. Hélas,
Madame, puis-je vous cacher plus long-
tems les effets surprenans de vos charmes,
& l'empire que vous avez sur toutes mes
pensées & mes actions ; empire que votre
vertu, votre esprit, & les qualités de l'ame
vous ont acquis encore plus que les graces
de votre personne. Ayez pitié de ma situation misérable. Avec un cœur capable des
mouvemens les plus sublimes & les plus

délicats de l'amour, & épris d'un objet qui feroit à jamais mon bonheur, la raison m'interdit jufqu'à l'efpérance de la poffléder jamais, en me faifant envifager la diftance infinie que la fortune a mife entre nous. Non, je ne porte pas fi haut mes vues ambitieufes; du moins laiffez-moi dans mon malheur la confolation de croire que vous ne me méprifez pas abfolument. Ici ma déeffe me fit relever en me tendant une main fur laquelle j'imprimai cent bai-fers ardens, avant qu'elle pût la retirer; & tâchant de cacher un trouble qui la ren-doit encore plus aimable, M. Thompfon, me répondit-elle, fi je ne confultois que les régles de la prudence, & la politique de mon fexe, vous ne tireriez d'autre fruit de vos déclarations, que le mépris que vous convenez vous-même avoir mérité. Mais quoique femme, je veux vous prouver que mon fexe eft quelquefois fincere. Il n'eft plus tems de déguifer mes fentimens; vos amis ont pénétré la véritable caufe de ma maladie; (à cet endroit fes joues fe peigni-rent d'un coloris femblable à celui des Cieux, quand le foleil commence à paroî-tre fur l'horifon.) Mon cœur, continua-t-elle, aime la fincérité, & je croirois en manquer, fi je ne convenois que je fens toute l'étendue de votre mérite; que j'efti-me beaucoup votre perfonne, & que je crois devoir toute ma reconnoiffance aux preuves d'amitié qui me parlent en votre faveur; un cœur tel que le mien ne peut affecter de l'indifférence quand on l'a obligé. Je vous connois si bien pour un homme d'honneur, que malgré la fierté ordinaire à mon sexe, je ne puis vous refuser l'estime la plus complette; (ici cette généreuse fille laissa échaper un soupir sans s'en appercevoir, & continua ainsi :) mais j'ai résolu de ne jamais désobéir à mon pere. Je me persuade qu'il aura assez de tendresse pour moi, pour ne point me forcer à faire un mariage dont il m'a souvent parlé, & qui me rendroit la plus malheureuse de toutes les femmes. Pour moi j'avoue que, quelque différence qu'il y ait dans nos fortunes, une personne qui a le cœur aussi droit, & les sentimens aussi purs que M. Thompson, me détermineroit aisément à suivre mes inclinations.... Mais M. changeons de conversation, & ne poussons pas plus loin un discours qui nous affecte trop tous les deux. Que dites-vous, Madame, m'écriai-je, transporté de cette heureuse découverte ? Vous arrêteriez plutôt les actions de graces d'un marin, qui, après un naufrage, débarque inopinément sur une terre amie, que d'étouffer une reconnoissance, que mon cœur ne doit ni ne peut suprimer. Vous me rendez véritablement à la vie ; je commence à sentir l'importance de mon être, puisque vous daignez vous intéresser à mon sort. Pardonnez, charmante consolatrice, si la violence de mes transports m'empêche de m'exprimer d'une maniere plus modérée !

Zéphirs, portez dans tous les bois voifins les doux accens de ma chere Louife ? Echos, répétez fes divines paroles, & perpétuez les fons que je viens d'entendre. Quel bonheur pourrois-je envier déformais ! Que les peines, les foucis cuifants viennent me tourmenter à leur gré ; je les fuporterai avec conftance, puifque mon ange eft fenfible, & défire la feule félicité où j'afpire. Ici les efforts de mon imagination m'affecterent avec tant de violence, que toutes mes facultés affoiblies ne furent plus capables de les fuporter ; & je tombai fans fentimens à fes pieds. Elle jetta un grand cri ; les domeftiques accoururent, & on me mit au lit. Quand j'eus repris mes fens, je regardai autour de moi, & je vis Miff Louife auprès du lit, & empreffée à me fecourir. Je lui demandai pardon de la peine que je lui avois caufée ; elle me conjura avec tendreffe de me tranquillifer, de peur d'occafionner le retour de ma fievre par l'agitation de mon ame. Elle me fit comprendre que pour jouir fûrement à l'avenir de la converfation l'un de l'autre, il falloit nous obferver, & ne point donner de foupçons à fon pere, & à fon coufin, qui depuis quelque tems parloient plus qu'à l'ordinaire de ce qui s'étoit paffé entre nous, & commençoient à nous épier toutes les fois que nous étions enfemble. Pour moi, M. Thompfon, me dit cette aimable fille, je ne puis vous cacher plus long-tems la tendreffe que j'ai pour vous ; je ne crois pas pouvoir être heureufe avec un autre ; & malgré tout le refpect que j'ai pour mon pere, je vous avoue franchement que je lui défobéirois s'il m'ordonnoit d'accepter ce miférable patent qu'il paroît me deftiner. Quand il auroit d'ailleurs toutes les qualités qu'on peut défirer dans un homme avec qui l'on fe propofe de vivre, fa brutalité naturelle, & la baffeffe de ces inclinations, le rendroient à mes yeux un objet d'averfion. Non, Monfieur, il n'y a que l'union des ames, le raport dans les fentimens, & une grande fympathie d'humeurs, qui faffent embraffer avec joie l'état du mariage. Ne me donnez pas lieu, M. Thompfon, de me repentir de la foibleffe d'un aveu fi contraire aux maximes générales de mon fexe. L'hypocrifie & la fierté prefcrivent en cette occafion de cacher les mouvemens du cœur, & de prendre plaifir aux petites complaifances que l'on exige des amans ; je fuis au deffus de fes petiteffes & de ces artifices & je vous crois affez généreux pour penfer comme vous le devez, de ce que j'ai été tenté de dire en votre faveur. Nous fommes jeunes tous les deux : le tems & votre aplication au travail, pourront vous rendre auffi agréable à mon pere, pour gendre, que vous l'êtes maintenant pour ami : jamais je ne me marierai fans fon aveu ; mais auffi, je ne me rendrai pas malheureufe pour fatisfaire fes goûts. Quand elle eut ceffé, je m'affis

dans mon lit , & je l'affurai que mes fentimens feroient toujours conformes aux
fiens. Madame , pourfuivis-je , je vous
protefte ici devant Dieu, que je rejetterai
toute penfée qui pourroit être contraire à
l'affection que je vous ai vouée ; quelque fort
que la fortune me prépare, vous ferez toujours
l'unique maîtreffe de mon cœur. Et moi ,
me répondit-elle avec la même vivacité ,
je vous jure , en la prefence du même
Dieu, que fi je ne puis pas être à vous ,
je porterai le nom de fille dans le tombeau. Je ne pus m'empêcher de faifir fa
main , & de la baifer avec une ardeur
inexprimable ; elle me l'abandonna après
quelques efforts pour la retirer. Que les
amans, qui ont éprouvé de femblables douceurs, jugent du bonheur de ma fituation
& de la violence que je fus obligé de me
faire pour n'en pas laiffer éclatter les tranfports. Le calme & la férénité rentrerent
dans mon ame ; il me fembla que je
jouiffois d'un être nouveau , & que je
m'élevois au-deffus de la fphere de la mor-
talité.

Douce & délicieufe paffion, qui échauf-
fes le cœur humain ! quel plaifir folide
& réel ne procures-tu pas , quand la vertu
& le mérite relevent tes triomphes ! Reffource fublime, pure & aimable, que la
Providence a deftinée à adoucir les maux
de la vie , & à nous dédommager des
peines qui en font inféparables ; c'eft toi ,
qui, banniffant de nos cœurs toutes idées baf-

fes , y fais naître les fentimens les plus
délicats. Enchanté de l'amour de ma chere
Louife, je refpirois un élément plus pur , &
il me fembloit que j'étois infpiré : que dis je ,
il me fembloit ; je l'étois réellement. Les dé-
firs auxquels je m'étois livré autrefois, fe
prefentoient bien à mon imagination ; mais
qu'ils me paroiffoient vils & méprifables !

Qui pourroit afpirer à des plaifirs criminels,
Quand il connoît les douceurs d'un amour
      vertueux ? *Addiffon.*

    La fituation prefente , mon ame produi-
fit un tel effet fur mon corps, que je re-
couvrai bientôt ma premiere fanté ; j'eus
en même-tems la confolation de voir ma
chere Louife reprendre fon embonpoint.
Le vermillon charmant qui avoit quitté fes
belles joues depuis fi long-tems, y reprit
fa place, & ajoutoit un nouveau luftre à
fes graces. Elle avoit oublié jufqu'alors de
me queftionner fur la manie dont j'avois
reçu mes bleffures ; & cet accident avoit
eu pour moi des fuites fi favorables, que je
l'envifageois plutôt comme un bonheur.
Quand je lui dis que ç'avoit été en venant
lui rendre vifite, fuivant les ordres que
j'avois reçus d'elle, elle en fut furprife , &
protefta qu'elle ne m'avoit point écrit ;
qu'au contraire elle avoit formé, dans ce
tems-là, la réfolution de fe priver, s'il étoit
poffible, de ma fociété, pour détourner les
effets de fon amour naiffant. Cela nous jetta
dans un abyme de conjectures fur l'auteur

des cruautés qu'on avoit exercées fur moi ;
le réfultat de notre examen fut que perfonne n'avoit pu former une fi horrible entreprife , que fon coufin , qui quoique peu
touché de fes charmes , avoit un intérêt
fenfible à ne pas fouffrir patiemment les
égards qu'elle avoit pour moi.

CHAPITRE XXIII.

*Miff Louife prend Thompfon pour fon con-
fident. Sa charité & fa bonté. Hiftoire
d'une famille malheureufe. Avis aux
jeunes Dames. Il fait une découverte
qu'il lui communique.*

MEs jours couloient dans la joie ; tout
pour moi refpiroit le bonheur & l'a-
mour. Les promenades , les bofquets cou-
verts étoient témoins des heureux momens
que je paffois à converfer avec mon aimable Louife , & à l'admirer. Chaque jour je
découvrois de nouvelles perfections dans
fon ame. J'étois devenu tout autre. Son efprit & fon bon fens avoient tellement in-
flué fur moi , que je ne refpirois plus que des
defirs & des fentimens nobles & généreux.
Un jour que je lui exprimois avec tranfport
toute ma reconnoiffance , elle m'interrom-
pit , & d'une voix plus agréable que la plus
douce mélodie , elle me dit que pour me
donner la plus grande fatisfaction qui fût
en fon pouvoir , elle m'alloit confier des
secrets

secrets qui fans doute feroient de mon goût. En un mot, Monfieur Thompfon, vous verrez comment je me plais à paffer une partie de mon tems. J'exige de vous tout le fecret que je me crois obligée moi-même de garder. La générofité de mon pere me met en état de faire, du fuperflu de mes dépenfes, quelques libéralités aux pauvres habitans des villages voifins : je tâche de foulager la dureté de leur fituation, avec les biens que la Providence m'a confiés. C'eft, je crois, la meilleure façon de remercier le Créateur de l'aifance dans laquelle il m'a fait naître ; j'imite par ce moyen, autant qu'il eft en moi, cette bonté avec laquelle il répand fes bénédictions fur toute la Nature. Quiconque n'eft point fenfible à l'humanité & à la compaffion, & ne connoît pas les tranfports qu'éprouve une ame à fecourir les pauvres & les malheureux, eft indigne de jouir des faveurs de la Providence, & devroit rougir d'avoir part aux influences du foleil. Je ne dépenfe en parures qu'autant qu'il en faut pour la propreté & la décence ; la lecture que j'aime, comme vous fçavez, a donné une nouvelle force à cette difpofition naturelle ; & d'ailleurs le plus excellent des Livres, celui que je regarde comme la regle du falut, m'ordonne dans les termes les plus forts de faire du bien autant qu'il eft en moi. Je vous l'avouerai, mon cher Thompfon ; c'eft la remarque que j'ai faite de la bonté de votre cœur, qui vous a d'abord ouvert l'entrée du mien. Venez,

II. Partie. D

venez, continua-t-elle en riant, je vous
ferai voir un fpectacle qui vous prouvera
ce que je viens de dire. A ces mots elle
traverfa une prairie qui terminoit l'avenue
où nous étions, & qui conduifoit à une
petite colline. Je la fuivois avec une admiration muette ; j'imaginois voir un de
ces Anges bienfaiteurs, qui, à ce qu'on
dit, font occupés à des actes d'amour &
de bienveillance envers le genre humain.
Hélas, m'écriai-je fans pouvoir m'en empêcher, que mon fort eft digne d'envie,
de plaire au meilleur & au plus excellent
modele de fon fexe !

A l'extrêmité de cette colline couverte
de verdure, étoit une petite chaumiere qui
reffembloit à l'ancienne demeure de Baucis
& de Philemon ; notre arrivée fut annon-
cée par le jappement d'un petit chien qui
fe rouloit au foleil, & qui vint fe coucher
aux pieds de Louife : une femme aimable
s'approcha avec une timidité modefte mêlée de joie, & la falua dans des termes
pleins de refpect & de vénération. Miff
Louife lui répondit avec une bonté & une
douceur capable de diffiper la confufion que
notre arrivée fubite lui avoit caufée. Elle
lui demanda comment fe portoit aujourd'hui
fon mari, & s'informa du refte de la famille, en les nommant tous par leurs noms.
Madame, répondit cette bonne femme,
depuis que j'ai eu l'honneur de recevoir
vos fecours d'hier, qui font venus fort à
propos, mon mari a repris fes fens, & fe

porte beaucoup mieux. Ah, Madame, que vous nous avez rendus heureux ! que Dieu comble vos defirs pour récompenfer vos bontés. Nous approchâmes de la porte, & il en fortit deux ou trois petits chérubins, qui dans leur langage mal articulé vinrent faluer ma Maîtreffe d'une maniere qui annonçoit qu'ils la connoiffoient bien. Elle les prit dans fes bras l'un après l'autre, & leur fit des careffes fans nombre ; elle s'informa du progrès qu'ils faifoient dans la lecture , & les récompenfa à proportion. On voyoit fur fon vifage une rougeur qui partoit d'une fatisfaction extraordinaire ; une joie fincere paroiffoit dans l'éclat vif de fes yeux ; & toute la famille étoit charmée : elle entra enfuite dans le détail de certaines chofes dont on a befoin dans une famille, donna quelque argent à cette bonne femme, qu'elle tira en particulier pour cela ; & m'ayant pris la main , nous partîmes ; je vis que fon départ jettoit de la triftesse fur ces vifages où la joie étoit peinte un moment auparavant. J'étois dans l'admiration, & n'avois jamais fenti un plaifir plus réel. O Ciel ! que de dignité & d'éclat fa bonté répandoit fur elle ; que l'élévation de fon ame féyoit merveilleufement à fes charmes naturels ! Il faut que vous fçachiez , me dit cette adorable fille, qu'avec un peu de fecours & quelques bons avis, j'ai fauvé cette pauvre famille, & j'en fuis doublement payée par le plaifir & la fatisfaction qu'elle me donne. Le moindre

de leurs remerciemens, les tranſports que
je vois ſur le viſage de ces petits innocens,
me rendent plus ſatisfaite que je ne le ſerois de tous les biens du monde. Le pere
eſt un homme de Londres qui eſt venu dans
ces cantons pour y exercer un emploi dans
les Aydes. Mais s'étant trouvé quelque mé-
compte dans ſes livres, il a été révoqué il
y a trois mois ſur le raport d'un Directeur
mal intentionné. Depuis ce tems ſe voyant
privé de ſon petit ſalaire, il a travaillé pour
mon pere en qualité de Fermier, a tâché
avec beaucoup d'affection de ſoutenir ſa
famille, qui conſiſte en une femme & trois
enfans. Me promenant un jour après le dîner avec ma femme de chambre, je paſſai
par hazard devant ſa maiſon, & j'entendis
des cris & des juremens qui diſcontinue-
rent au bruit que nous fîmes en paſſant. La
femme que vous venez de voir, ſortit toute
en larmes; elle me ſalua: la voyant affli-
gée, je m'informai s'il lui étoit arrivé quelque accident; cette bonne femme qui avoit
plus de cœur qu'elle ne paroiſſoit, me répondit triſtement, que le détail de ſes
malheurs m'ennuyeroit ſans doute, & qu'ils
la touchoient trop ſenſiblement pour en
pouvoir décemment faire le recit: Madame, continua-t-elle, ce qui m'afflige le plus
pour le preſent, c'eſt que mon pauvre mari,
qui n'eſt point accoutumé à manquer, a
perdu toute la douceur de ſon caractere.
L'idée des beſoins où il ſe trouve le rend
bizarre & fâcheux pour ſa famille. Pour

moi je fuporterois en fa compagnie les plus grandes extrêmités fans me plaindre : nos maux à la vérité font bientôt de nature à ne plus pouvoir les foutenir. A cet endroit elle verfa un torrent de larmes finceres ; & ce fpectacle trifte fut encore augmenté par la vue de deux ou trois enfans prefque nuds. J'en fus touchée jufqu'au cœur ; j'ai tâché de rendre leur fort moins malheureux , je les ai fait habiller comme vous voyez ; mon pere m'a promis ce matin pour lui , la premiere ferme qui viendra à vâquer. J'ai deffein de l'équiper pour eux , & de les mettre en fituation de pouvoir par un travail honnête rétablir leurs affaires , & fe rendre utiles à la fociété , à laquelle ils feroient à charge fans cela. Le mari délivré de fes inquiétudes , a repris fa douceur ordinaire ; les réflexions qu'il a faites fur fes dernieres impatiences, & fes murmures contre la Providence lui ont occafionné une maladie qui eft bientôt diffipée , à ce que m'a dit fa femme. Je dis à ma chere Louife que j'avois toujours remarqué que les gens qui ont les meilleures difpofitions naturelles , & des talens , font les plus abattus par les infortunes ; au lieu qu'un miférable fans fentiment reçoit toutes les adverfités avec une infenfibilité qu'on attribue communément à fageffe & philofophie , & qui vient néanmoins d'une indifférence naturelle , & d'un défaut de cœur.

Que la plus belle partie du genre-humain feroit heureufe , fi , comme Mifs Louife,

elle s'attachoit un peu moins aux folies des
habillemens, des vifites & du jeu, qu'elle
meublât fon efprit avec la fageffe & les
connoiffances, & relevât la délicateffe de
fon corps par l'habitude conftante de faire
du bien ! Quel effet ne produifent pas la
beauté & la vertu réunies ? que d'éclat ne
jettent-elles pas fur toutes les actions de la
vie ? Au contraire combien ne font pas in-
fipides & haïffables dans les femmes des
ufages qu'elles font les premieres à blâmer
dans notre fexe ? On croiroit que l'avarice,
l'orgueil, la colere, la mauvaife humeur,
la haine & l'envie font des vices particu-
liers aux hommes, & que ces paffions ne
peuvent pas trouver place dans le cœur
d'une femme, où devroit uniquement ré-
gner la générofité, la douceur, la compaffion, la bonté & la férénité. O vous qui
fçavez fi bien adoucir les peines & les foins
des hommes, prenez cet excellent caractere pour modele ; vous vous formerez un
empire plus abfolu fur nos cœurs ; la raifon, auffi-bien que la paffion, fe fera gloire
de facrifier fur vos Autels, & d'adorer en
vous des charmes réels & durables.

Comme nous retournions à la maifon,
j'apperçus à quelque diftance l'Ecuyer fon
coufin, qui parloit avec beaucoup d'activité
à deux hommes de fort mauvaife mine. Je
lui fis remarquer : elle en fut frapée auffi-
bien que moi ; leurs regards annonçoient
quelque chofe de finiftre. Ils nous décou-
vrirent à leur tour, parurent déconcertés,

& prirent un autre chemin ; je les suivis
des yeux autant que ma vue pût porter. Je
ne sçaurois dire si ce fut la connoissance
que nous avions de ses inclinations, ou les
conjectures que nous avions formées sur
ses actions précédentes , qui nous inspire-
rent de la crainte. La vérité est , que nous
avions lieu de soupçonner en eux quelque
mauvaise intention. J'eus assez de présence
d'esprit pour cacher ma peur à Miss Louise ;
elle craignoit , aussi-bien que moi, qu'il ne
méditât quelque dessein funeste à notre
tranquillité. Pendant le souper , je le regardai plus fixement que de coutume , &
je crus apercevoir sur son visage une confusion & un trouble marqué. Il fit tout son
possible pour le cacher , mais en vain ; il
sortit de table brusquement. Sir Walter étant
engagé ce soir-là chez un de ses amis , j'eus
le bonheur de le passer tout entier avec ma
chere Louise , & j'eus occasion de me convaincre qu'elle avoit poussé les connoissan-
ces & le fruit de sa lecture à un point qui
me surprit. La conversation étant tombée
par hazard sur la Religion , je lui demandai
si elle étoit tellement attachée à la Religion
Catholique Romaine , qu'elle ne crût pas
qu'on pût se sauver ailleurs. Je crois , me
répondit-elle , qu'en matiere de Religion
chacun doit suivre les mouvemens de sa
conscience ; je ne damne personne ; je dé-
teste l'esprit de persécution , & je pense ,
avec Monsieur Pope , qu'on doit prier pour
les différentes Sectes avec la même sincé-

rité que pour foi-même : fi c'eſt un grand
mérite d'aimer fon pays , c'en eſt un plus
grand encore d'aimer le genre-humain. Je
fus furpris de fa grande pénétration , du
jugement exquis qu'elle montroit en toute
occafion , & de la facilité avec laquelle elle
s'exprimoit fur les matieres les plus abſtrai-
tes & les plus difficiles.

CHAPITRE XXIV.

Monfieur Diaper reçoit des lettres de fon
pere & une autre de Prig, & des nou-
velles de Meſſieurs Archer & Sharpley...
Fin malheureuſe de Monſieur Proſody.
Converſation de Thompſon avec fa mere
au fujet de Miſſ Louiſe... Il reçoit des
avis d'une main inconnue.

J'Eus bien de la peine à prendre la réſolution de quitter ce féjour chéri. A la
fin mon ami m'ayant exhorté pluſieurs fois
à retourner chez mon pere, je fus obligé
de me rendre à ſes avis, & je fis à Miſſ
Louiſe les adieux les plus tendres. A mon
retour, toute la famille fut enchantée de
la vivacité & de l'enjouement que j'y portai : tout étant tranquille au-dedans , & la
grande affaire de mon amour étant en aſſez
bon train , je me livrai à toute la gaieté
dont j'étois capable. Mon ami , à qui j'avois
fait part de tout ce qui s'étoit paſſé , m'en
complimenta de la maniere la plus ſincere.
Je

Je ne doute plus, ajouta-t-il, que nous ne
soyons un jour extrêmement heureux ;
nous pouvons nous promettre une félicité
constante tout le reste de notre vie ; &
j'espére que nous la passerons avec autant
d'intimité que nous avons fait jusqu'à present : nos plaisirs & nos peines seront les
mêmes. Que les pauvres humains sont
aveugles ! le moindre succès favorable leur
ferme les yeux sur les revers de fortune
auxquels ils sont à chaque instant exposés ;
mais leurs espérances ressemblent à ces
bulles d'air que la moindre agitation creve
& fait disparoître.

Un ou deux jours après mon arrivée ,
M. Diaper reçut un paquet de Londres.
Nous reconnûmes à la suscription le caractere de M. Diaper qui ne nous avoit
pas encore écrit ; quoique mon pere
& lui eussent un commerce de lettres ré-
glé : sa raison étoit qu'il ne falloit pas
troubler les jeunes gens dans leurs amusemens , en leur donnant l'embarras d'é-
crire. Nous n'avions pas manqué pourtant à nous acquitter de ce que nous de-
vions à lui & à ma maîtresse. Ces lettres
m'allarmerent , je craignois que ce ne fût
un ordre de retourner à Londres ; & rien
ne pouvoit m'affliger tant que d'être ab-
sent de ma chere Louise. A l'ouverture du
paquet , nous trouvâmes une lettre de M.
Diaper pour chacun de nous , & une troisieme qui nous étoit adressée & que je reconnus pour être de M. Prig. Les lettres

II. Partie. E

de M. Diaper étoient remplies de marques
d'amitié pour moi aussi-bien que pour son
fils ; mais nous fûmes extrêmement fâchés
d'y aprendre que M. Traffic , Marchand
à Bristol , avoit fait banqueroute , & que
mon maître y perdoit pour sa part douze
mille livres sterlings. En nous marquant
cette circonstance , il disoit , pour modérer
l'affliction de son fils , tout ce qu'un homme sage & résigné aux accidens imprévus de
la vie , peut dire en pareil cas. Mais mon
ami eut peine à suporter ce revers avec
force ; en effet , il déconcertoit un peu le
projet du bonheur qu'il espéroit goûter dans
la possession de l'aimable Miss Bellair.
Quoique cette perte ne fût qu'une baga-
telle ; en comparaison du reste des biens
de M. Diaper , c'étoit un revers qu'on ne
pouvoit que ressentir nécessairement , &
dont les suites devoient nous obliger à
resserrer un peu les bornes de notre commerce. Cet accident ne laissoit pas de m'affliger aussi personnellement ; je sentis que
mon ami en auroit beaucoup moins de
facilité à me faire entrer dans leur société,
faveur que je désirois de plus en plus depuis mes prétentions sur Miss Louise. La
chose étant sans remede , nous écoutâmes
les motifs de consolation que nous four-
nît mon pere ; il nous representa les choses sous le point de vue le plus raisonnable & le plus philosophique ; & nous fit
sentir la folie qu'il y avoit à prendre trop
à cœur des malheurs inévitables. Mon

maître finiſſoit ſa lettre par dire que notre
préſence lui feroit néceſſaire, & qu'à notre arrivée, lui où l'un de nous, iroit à
Briſtol. En conſéquence, il nous ordonnoit de nous préparer à retourner à
Londres dans trois ſemaines ou un mois
au plus tard. Voici la lettre de Prig.

Mes chers amis,

„ Quelque plaiſir que j'aie à ſonger que
„ vous vous divertiſſez dans la province
„ d'York, & quoique j'y partage en idée
„ toute la ſatisfaction que vous y goûtez,
„ je ſuis encore plus charmé d'aprendre
„ que vous avez ordre de revenir. Lon-
„ dres, depuis votre départ, a été pour
„ moi une ville mauſſade & ſans attraits.
„ M. Diaper à qui j'ai toutes les obligations
„ du monde, a opéré en moi une conver-
„ ſion complette. Mes anciens compagnons
„ m'ennuyent ; ma conduite précédente
„ m'eſt devenue inſuportable & inſipide.
„ Je puis vous aſſurer qu'il y a plus de deux
„ mois qu'il ne m'eſt arrivé de battre le
„ gué, d'entrer dans un mauvais lieu, ni de
„ m'enyvrer à Tom King's. Et vous, que
„ diable pouvez-vous trouver de ſi amu-
„ ſant où vous êtes, pour reſter ſi long-
„ tems loin de vos amis ? Les murmures
„ des ruiſſeaux, des boſquets odoriférens,
„ des landes déſertes, des prairies émail-
„ lées, tout cela a-t-il pour vous des at-
„ traits qu'on ne puiſſe pas vous procurer

„ ici ? Hâtez-vous donc, & revenez par
„ pitié, rendre la gaieté à votre affection-
„ né ami, Richard Prig.

„ P. S. La nouvelle la plus extraordinaire
„ que j'aie à vous aprendre, c'est que le
„ Philosophe Spéculiste, cet homme à mo-
„ rale sévére, vient d'être condamné en
„ 2000 livres sterlings de dommages &
„ intérêts, pour avoir entretenu commerce
„ avec la femme d'un de ses amis ; & que
„ faute de payer cette somme, il a été
„ conduit à la prison de la Flotte.

Nous ne pûmes pas nous empêcher de
rire de la lettre concise & laconique de
notre ami Prig, & de son style qui se sentoit
un peu du caractere de l'homme. Cela
joint à l'arrivée de nos amis Messieurs
Archer & Sharpley, contribua à dissiper
le nuage qui obscurcissoit notre bonne humeur. Ils avoient reçu tous les deux des
lettres de leurs fils qu'ils nous communi-
querent. Thomas Archer faisoit beaucoup
de progrès dans le commerce ; & le pauvre Jacques Sharpley avoit essuyé bien des
malheurs dans son poste ; mais à la mort
du Capitaine & des trois Lieutenans, il
étoit avancé à son tour à la Commission
de troisieme Lieutenant qui lui avoit été
confirmée par les Lords de l'Amirauté.
Ils étoient tous les deux en bonne santé ;
j'en fus fort charmé ; cela me conduisit
tout naturellement à demander des nouvelles de notre ancien maître M. Prosody.

auquel je n'avois pas penfé depuis que je
l'avois quitté ; on me dit qu'il étoit mort
depuis deux ans , & que fa femme l'avoit
précédé d'un an. Sa mort vint d'avoir fouet-
té , fans miféricorde , le fils d'un Gentilhomme ; qui, pour s'en venger , lui fufcita
tant d'affaires à caufe de fes fentimens non
conformiftes; que faute d'avoir voulu prêter les fermens ordinaires , l'Archevêque
lui défendit de tenir école publique ; il en
mourut de chagrin , & laiffa plus de 1500
livres fterlings à Miftriff Harrow fa fille ,
qui vit fort bien avec fon mari. Mes deux
anciens compagnons faifoient paroître tant
d'affection pour moi dans leurs lettres , que
je me crûs obligé de leur écrire, & je remis mes lettres à leurs peres , pour les leur
faire tenir.

Ma mere me mena un matin , dans fon
cabinet , & tout en badinant elle me parla
de Miff Louife, & s'informa des particu-
larités de notre liaifon. J'étois trop convaincu de fa prudence , de fon amitié &
de fes égards pour cette aimable Demoifelle , pour lui faire un fecret du progrès
de mon amour , & de l'heureufe fituation
de mon cœur. Je lui fis le recit avec tant
d'éloges de Miff Louife, & j'y mêlai tant
de tranfports & des expreffions fi fortes ,
qu'elle fut convaincue que j'étois réellement touché de ce que je difois. L'idée
de cette alliance quoiqu'éloignée , lui caufa une joie fenfible ; elle me confeilla pourtant de modérer mes tranfports , & finit

E 3

par m'aſſurer, qu'attendu les idées juſtes,
& la ſincérité connue de ma maîtreſſe, rien
ne ſeroit jamais capable de troubler notre
union, & qu'elle ne doutoit pas que la
Providence n'eût réſolu de nous rendre
heureux l'un par l'autre. Elle connoiſſoit
trop la délicateſſe des ſentimens de mon
pere, pour qu'il fût néceſſaire que je lui
demandaſſe le ſecret, elle me promit que
tant que je ſerois à Londres, elle tâche-
roit de cultiver de plus en plus l'eſtime
& la bonne opinion que Miſſ Louiſe avoit
conçue de moi. J'embraſſai cette excellente
mere avec des tranſports ſinceres : je crois
que cette confidence me la rendit plus chere encore qu'auparavant.

Quand nous fûmes deſcendus, on me
remit une lettre qu'un Payſan avoit apor-
tée pour moi. L'adreſſe en étoit indéchiſ-
frable ; en l'ouvrant, j'y trouvai ces mots.

,, Je vous avertis de bien prendre garde
,, à vous ; l'Ecuyer Rich a réſolu d'avoir
,, votre vie, & je ſuis un de ceux qu'il a
,, payés pour vous l'ôter. Soyez ſûr que,
,, ſi on vous attrape, vous n'en réchape-
,, rez pas comme vous avez fait l'autre
,, fois, j'honore votre pere, c'eſt ce qui
,, vous attire cet avis de votre ſerviteur.
,, A. B.

P. S. Sur-tout ne ſortez pas ſans être bien
armé.

Cet avis me ſurprit en me faiſant connoître que cet homme vil & mépriſable

avoit réfolu de fe défaire de moi de façon ou d'autre. J'en fis part à M. Diaper, qui m'engagea à ne jamais aller chez Sir Walter fans lui, & fans être tous les deux bien armés. Après y avoir bien penfé, nous réfolûmes de n'en point parler à ce gentilhomme, jufqu'à ce que nous puffions nous faifir de quelques-uns de fes émiffaires à lui confronter, à caufe de l'extrême amitié qu'il avoit pour lui. Nous déplorâmes enfemble fon aveuglement, de vouloir facrifier une fi excellente fille à un homme fi méchant & fi brutal. Dans les premiers mouvemens de ma rage, je voulois l'aller trouver; & en cas qu'il refufât de fe battre en brave, le facrifier à mon jufte reffentiment; mais mon ami infifta tellement fur l'imprudence d'une pareille réfolution, qu'il m'obligea à changer d'avis.

CHAPITRE XXV.

Sir Walter furprend les deux amans. Sa conduite en conféquence... Il lui défendit fa maifon... Ils s'écrivent réciproquement... Leur commerce découvert... Sa femme de chambre eft chaffée... Mifs Louife eft emmenée.

LE lendemain je fis part à ma chere Louife de cette lettre que j'avois reçue; & en même-tems qu'on alloit me river dans quelque tems, de tout le plai-

sir que je goûtois dans son aimable société ; je lui racontai les raisons qui nous obli-
geoient de partir si précipitamment ; elle
complimenta mon ami sur sa perte, & lui
dit tant de choses consolantes, que son
chagrin reçut beaucoup de soulagement
par son éloquence persuasive. Après avoir
resté quelque tems avec nous il se retira
pour aller chercher M. Sharpley qui nous
avoit aussi accompagné, & promit de me
rejoindre le soir. Ma chere Louise me loua
de la précaution que j'avois eue d'amener
mon ami, & me pria de ne jamais venir
la voir, ni d'aller ailleurs sans lui. Les lâches & les méchans, dit-elle, ont plus
d'artifices qu'il ne convient à un homme
généreux & brave d'en avoir même pour
sa propre sûreté ; & il n'y a point de coquin qui ne puisse trouver tôt ou tard une
occasion favorable d'exercer sa méchanceté
contre la personne qu'il hait. Ses apréhen-
sions la jetterent dans une mélancolie profonde dont je fus allarmé ; je me reprochai
de lui avoir causé du chagrin en lui faisant
part de cette lettre. Elle en vint jusqu'au
point de répandre des larmes ; je la serrai
tendrement dans mes bras, & elle laissa
aller son visage charmant sur mon épaule,
tandis que j'employois tous mes efforts
pour tranquiliser ses craintes. Nous étions
précisément dans cette attitude, lorsque,
pour notre malheur, Sir Walter ouvrit la
porte de la chambre brusquement ; il eut
le loisir de nous voir en cet état, avant

que nous puffions nous remettre , & s'en
alla fans rien dire après nous avoir lancé un
regard d'indignation. J'avoue que de ma
vie je n'ai été fi troublé ; ma charmante
maîtreffe trembloit depuis les pieds jufqu'à
la tête. Nous connoiffions trop le caracté-
re obftiné , entier & dur de fon pere , pour
douter des fuites de cette découverte. Nous
n'eûmes pas long-tems à raifonner de nos
craintes ; au bout d'un quart-d'heure , un
domeftique m'aporta cette lettre.

„ Après ce que je viens de voir , Mon-
„ fieur , vous ne trouverez pas étrange que
„ je vous prie de fortir promptement de
„ ma maifon , & de n'y jamais remettre les
„ pieds. 	Walter Rich.

Dans l'état où je me trouvois , je ne
fçavois à quoi me déterminer ; mais pour
gagner quelques momens de réflexion , je
lui fis cette réponfe ,

Monfieur ,

„ De grace permettez-moi de me pre-
„ fenter devant vous. Deux mots feront
„ ma juftification ; & je fuis perfuadé que
„ vous ne me blâmerez plus. Loin de vou-
„ loir troubler en aucune façon votre tran-
„ quillité , j'aimerois mieux perdre la vie ,
„ que de donner à un ami fi bon & fi gé-
„ néreux , le moindre fujet de méconten-
„ tement. Je fuis , Monfieur , le plus hum-

„ble & le plus affectionné de vos servi-
„teurs,

Joseph Thompson.

Le domestique me dit d'un air chagrin,
que son maître & l'Ecuyer étoient ensemble, & qu'il ne l'avoit jamais vu si en colere. Mon Dieu, Monsieur, dit innocem-
ment ce garçon, n'allez pas vous battre:
nous vous aimons tous, & nous espérons
qu'il ne se passera rien entre mon maître &
vous. Quand il fut parti, Louise me dit:
n'essayez pas de faire entendre raison à mon
pere pour le present, je vous conseille plutôt de partir. J'espére que votre absence &
ce que je pourrai lui dire, calmeront sa rage. En tout événement, Fidele ma fem-
me-de-chambre vous portera demain une
lettre de moi, s'il est possible, sans donner de soupçon. Soyez sûr, ajouta cette
adorable fille, que je n'oublierai jamais
mes sermens; j'allois la remercier de cette promesse de la maniere la plus tendre,
lorsque le domestique revint avec une seconde lettre que voici.

„ Si vous ne sortez de chez moi dans la
„ minute, je ne réponds pas de vous con-
„ server plus long-tems les droits de l'hos-
„ pitalité: quoiqu'on ne doive aucuns égards
„ à un trompeur, un hypocrite & un mi-
„ sérable.

Walter Rich.

Voyant donc qu'il étoit inutile d'insister

davantage , je pris le congé le plus tendre
de ma chere Louise. Nous mêlâmes ensemble nos larmes: l'incertitude & l'apréhenfion de ce qui alloit arriver , rempliffoit
mon ame des idées les plus affligeantes.

Cependant je chargeai le même domeftique de donner à fon maître la réponfe
fuivante , ce qui étoit tout ce que le trouble où j'étois avoit pu me permettre d'é-
crire.

Monfieur ,

,, Vous avez affurément été féduit pour
,, votre propre malheur , par les raports
,, calomnieux de votre coquin de neveu ,
,, qui , je ne fçai pourquoi, a déjà attenté
,, fur mes jours par la main de plufieurs af-
,, faffins , & qui médite encore une autre
,, entreprife de cette nature. Soyez perfua-
,, dé , Monfieur , que votre excellente fille
,, n'a rien fait de contraire aux regles de la
,, prudence , de la vertu , de la bienféan-
,, ce ni de fes devoirs ; vous reconnoîtrez
,, un jour que vous faites la plus grande in-
,, juftice à votre affectionné & humble fer-
,, viteur ,

Jofeph Thompfon.

,, P. S. J'efpere , Monfieur , que quand
,, votre colere fera ralentie , vous voudrez
,, bien entendre ma juftification , ne fût-ce
,, que pour vous tranquillifer l'efprit , je fuis
,, en état de donner des preuves de ce que

,, je ne fais que vous insinuer au sujet de
,, votre parent.

Quels serremens de cœur n'éprouvai-je
pas dans ce fatal moment qui a été la sour-
ce de tous les malheurs que j'ai essuyés par la
suite ! Je fus mille fois sur le point d'atten-
ter sur moi-même pour punir mon indis-
crétion ; ensuite je cherchai à m'excuser.
Sir Walter ayant dit qu'il ne reviendroit
que le soir, nous n'avions pas cru devoir
prendre tant de précautions. Cette réflexion me fit juger que la conduite qu'il avoit
tenue, étoit une feinte pour pouvoir mieux
nous surprendre ; & je conclus aussi-tôt
que l'Ecuyer étoit cause de tout ce trouble. J'eus envie plusieurs fois de retourner
sur mes pas, & de me venger de lui, ou
de périr. Mais la crainte de déplaire à ma
chere Louise, & le danger d'irriter de plus
en plus son pere, arrêta ce projet téméraire. Misérable que j'étois ! pouvois-je
croire qu'après m'être rendu coupable de
tant de crimes & de fautes, le Ciel dût
m'être favorable ? Puis-je penser qu'il m'ait
destiné un objet si parfait, sans semer sur
mon chemin des difficultés & des embarras sans nombre, pour me punir de ma présomption ? Non, je vois clairement que
tout ceci n'est que le commencement des
malheurs qui m'attendent. C'est ainsi que
je m'entretenois en marchant.

En arrivant chez mon pere, sans être
aperçu, j'allai me jetter tout baigné de larmes

fur mon lit , où je m'abandonnai à ma trif-
teſſe & mon défeſpoir : j'en perdis la tête; &
Dieu ſçait juſqu'où mon défeſpoir m'auroit
porté , ſi par hazard mon ami ne fût entré
dans mon apartement , par où il falloit paſſer
pour aller dans le ſien. S'il fut étonné de
me voir ſi-tôt de retour , il ne le fut pas
moins de mon état violent : il me demanda
avec précipitation la cauſe des extravagances qu'il entendoit & qu'il me voyoit faire.
Je l'inſtruiſis de tout ce qui étoit arrivé; il
prit part à mon malheur avec la tendreſſe
d'un véritable ami : mais il me fit entendre
qu'il y avoit de la folie à moi de me livrer
ainſi à des lamentations inutiles & des larmes infructueuſes ; qu'il falloit attendre patiemment des nouvelles de Miſſ Louiſe ;
qu'enſuite on pourroit peut-être trouver
quelques moyens d'apaiſer la colere de Sir
Walter ; qu'en lui expoſant le mauvais caractere de ſon neveu il ouvriroit les yeux,
& ſentiroit le tort qu'il avoit de s'obſtiner
à rendre ſon aimable fille ſi malheureuſe.
Ce diſcours conſolant me calma un peu,
je fis de mon mieux pour attendre des nouvelles de ma chere Louiſe ; mais les heures
me parurent des ſiecles , juſqu'à ce que je
ſçuſſe qu'elle étoit en ſanté & en ſûreté.
Enfin *Fidele* arriva , & m'aporta une lettre,
que je baiſai avec tranſport ; j'embraſſai
auſſi cette pauvre fille , & je crus avoir quelque raiſon de me conſoler , quand j'y lus
ce qui ſuit.

Monsieur,

» Quand vous avez été sorti , mon pere
» m'a fait apeller dans sa chambre , & d'un
» air moins irrité que je ne m'y attendois ,
» il m'a blâmé d'avoir pris pour vous des
» sentimens qui déconcertoient toutes ses
» mesures. Il s'est emporté contre vous de
» la maniere la plus forte , & m'a défendu
» de penser jamais à vous , ni de vous par-
» ler davantage. Quoique fort chagrine &
» allarmée , j'ai fait ce que j'ai pu pour
» modérer ses soupçons ; mais ma sincérité
» & l'amour que j'ai pour la vérité , ne m'ont
» pas permis de lui dissimuler les impres-
» sions que vous avez faites sur moi. Je
» l'ai pourtant assuré que je ne penserois
» jamais à vous d'une maniere qui pût lui
» déplaire , & que je ne prendrois aucuns
» engagemens qui ne fussent parfaitement
» innocens. Sa colere s'est allumée à un
» point qui m'a fait trembler. Il m'a dit
» qu'il prétendoit que je n'eusse d'égard
» pour personne sans son aveu , & que je
» devois regarder mon cousin comme un
» homme qui seroit mon mari dans peu de
» tems. Je me suis jettée à ses genoux , &
» je lui ai protesté que je ne pouvois point
» supporter l'idée de jamais être à ce misé-
» rable. Il me parut un peu touché de mon
» action & de mes larmes. Alors profitant
» de ce moment favorable , j'ai tiré de lui
» une promesse qu'il ne me forceroit jamais

,, de donner ma main fans mon cœur ; &
,, je lui jurai de mon côté que je ne me
,, marierois jamais qu'il n'aprouvât mon
,, choix. Cependant il perfifte dans fa ré-
,, folution de ne pas vouloir que je vous
,, parle, ni que j'entretienne aucune cor-
,, refpondance avec vous, fous peine d'être
,, privée du peu de liberté dont je jouis ;
,, & je le lui ai promis. Ah ! M. Thompfon
,, quelle fituation cruelle, d'être partagée
,, entre l'amour & le devoir ! Cependant
,, foyez affuré que jamais autre que vous
,, n'occupera le cœur de votre Louife.

Je baifai mille fois avec tranfport ce nom
chéri, & j'écrivis à la hâte la réponfe fuivante, que Fidele reporta fur le champ à
fa maîtreffe.

,, Les termes ne peuvent exprimer que
,, foiblement les maux que j'ai foufferts
,, jufqu'à l'heureux inftant où vous me réi-
,, térez fi généreufement les affurances de
,, votre affection & de votre conftance.
,, Ah ! charmante fille, quel plus grand
,, tourment pour un homme que vous aimez
,, autant que moi, que de fe voir privé du
,, bonheur de voir & de converfer avec
,, l'adorable objet de fa paffion ? Les tour-
,, mens des damnés confiftent à connoître
,, les plaifirs & la joie ineffable des bien-
,, heureux ; la certitude où ils font d'en
,, être à jamais privés, eft le plus grand
,, de leurs fuplices. Hélas ! que font devenus

„ ces plaifirs charmans, où s'abymoit mon
„ ame, quand j'entendois la vois célefte
„ de ma chere Louife ? Je fuis défefpéré
„ quand je fonge que votre vue m'eft in-
„ terdite fans efpoir de retour. Mais le Ciel
„ qui doit être favorable à une image auffi
„ pure de fes réflexions, remplira un jour
„ vos defirs, & vous rendra auffi heureufe
„ que vos vertus & votre bonté le méri-
„ tent. Mon aimable belle, confervez-moi
„ toujours dans votre fouvenir, jufqu'à ce
„ que je trouve moyen de fléchir la colere
„ implacable de votre cruel pere. Accor-
„ dez-moi du moins la faveur de vous en-
„ tretenir par lettres ; c'eft tout le bonheur
„ que j'ofe efpérer. Mon chagrin eft trop
„ vif pour me permettre d'en écrire da-
„ vantage ; mais tant que je vivrai, je ferai
„ le plus tendre, le plus fidele & le plus
„ conftant de vos adorateurs.

Tout en écrivant je faifois mille queftions à Fidele ; j'effaçois & je recommen-
çois à chaque inftant ; j'étois agité tour
à tour par des tranfports de joie & des
mouvemens de chagrin. Cette fidelle
fuivante en fut touchée jufqu'aux larmes ;
& me pria pour l'amour de fa dame, de
me calmer : je le lui promis. Je ne paffois
plus mon tems qu'a déplorer mon fort, &
à peindre mon amour à fa chere maîtreffe.
Fidele n'étoit occupée que pour porter
& raporter nos lettres : elle faifoit nos meffa-
ges avec tant d'affection & de bonne
volonté

volonté, que les préfens que je la forçois
d'accepter n'étoient qu'une foible récom-
penfe de fes peines, quoique fa Maîtreffe la récompensât généreufement de fon
côté. Cette correfpondance dura quelque
tems fans interruption, & je recevois toujours de nouvelles preuves de la tendreffe que cette admirable fille avoit pour
moi : fes lettres étoient pleines de fentimens fi nobles, d'idées fi aprofondies,
que mon admiration étoit prefque égale
à mon amour ; je brûlois du defir de la
voir. Cette façon de s'entretenir de loin,
ne faifoit qu'irriter ces defirs. Bientôt je me
vis encore privé de cette confolation, qui
étoit ma feule reffource contre le défefpoir ;
un inftant fatal me plongea dans un abyme de miferes qui fe fuccéderent tour à
tour. L'Ecuyer que fes foupçons tenoient
éveillés étoit irrité d'avoir perdu la faveur
de Louife. Elle ne vouloit jamais refter
un moment avec lui, que fon pere ne fût
préfent ; & elle lui donnoit à chaque inftant de nouvelles marques de fa haine & de
fon indignation ; il ne manqua pas d'obferver les fréquentes allées & venues de
Fidele ; & ayant communiqué à Sir Walter fes foupçons que cette fille favorifoit
un commerce de lettres entre Miff Louife
& moi, ils convinrent enfemble de veiller
plus exactement fur fes démarches. Un foir
que Fidele retournoit à la maison avec
une lettre remplie des affurances de mon
amour & de ma reconnoiffance pour ma

II. Partie.   E

chere Maîtresse; ils l'arrêterent & lui en-
leverent ses dépêches; Sir Walter ne les
eut pas plutôt lues, qu'il chargea sa fille
de reproches : sa furie alla jusqu'à jurer
qu'il se vengeroit de son mignon (c'est ainsi
qu'il me nommoit) par-tout où il le rencon-
treroit. Ensuite sans égard aux larmes &
aux prieres de Miss Louise, il chassa Fidele de sa maison : cette fille vint me trouver
toute éplorée & désespérée de ce qu'on
l'obligeoit de quitter sa chere Maîtresse.
Ce fut alors que ma rage ne connut plus
de bornes; j'étois tellement animé par la
violence de ma passion, que tous les avis &
les remontrances de mon ami ne purent
me calmer. Je formai le projet d'aller trouver le malheureux qui ruinoit toutes mes
espérances, & de le sacrifier au ressentiment des injustices qu'il faisoit à Miss Louise. J'allois exécuter mon dessein, j'étois
déjà sur le chemin de la maison de Sir
Walter, armé de deux pistolets, & résolu de
lui en faire prendre un, ou de lui brûler
la cervelle sans pitié, lorsque je rencontrai
un domestique que je reconnus pour un de
ceux de Sir Walter, & qui me donna ce
billet d'une main tremblante.

„ Je n'ai le tems que de vous écrire
„ un mot par ce domestique compâtissant,
„ pour vous aprendre qu'on va me conduire
„ chez ma tante dans la Province de Som-
„ merset. Le carosse est prêt, & m'at-
„ tend à la porte. O Ciel, que j'ai eu

,, d'outrages à essuyer! conduisez-vous avec
,, prudence, & n'allez pas faire une entre-
,, prise téméraire ; rien ne pourra jamais
,, me forcer d'être à d'autre qu'à vous.
,, Louise.

,, *P. S.* Je crains que mes larmes n'aient
,, effacé ce billet. Ayez soin de ma pauvre
,, Fidele; & réservez-vous pour des momens
,, plus heureux.

CHAPITRE XXVI.

*Il court après elle. Rencontre l'Ecuyer
Rich : lui fait un défi que ce lâche refu-
se ; il se prépare à le punir, mais Rich
lui échape. Fait feu sur lui, & le terrasse.
Il est jetté lui même à bas de son cheval
par un des gens de l'Ecuyer. Est trouvé
baigné dans son sang par des voyageurs
qui le transportent chez eux dans leur
carosse. Il est reconnu par une dame dont
il cherche en vain de se rapeller le nom.*

MAlgré les ordres de ma chere Louise,
mon cœur fut agité de la colere la
plus violente. A peine me donnai-je la
patience de demander si le carosse étoit
parti, & quelle route il avoit prise.
Dès que je sçus de quel côté il étoit
allé, je retournai sur le champ au logis,
& sans entrer dans la maison pour parler
à mon ami ou à la pauvre Fidele, je sellai
un cheval moi-même, & je galopai du

F 2

côté qu'on m'avoit indiqué, ne respirant
que le sang & la vengeance, tandis que
des larmes de fureur arrosoient mes joues
en abondance. Je courus pendant deux ou
trois heures à toute bride ; pour lors j'entendis le bruit de quelques chevaux, &
un moment après j'eus la satisfaction d'a-
percevoir l'Ecuyer & deux domestiques
qui retournoient en diligence à la maison, sans doute pour y prendre quelque
chose que la précipitation lui avoit fait
oublier. Je tirai un pistolet de mes arçons,
& croisant le chemin qui n'étoit pas trop
large, je me disposai à barrer le passage à
mon ennemi, qui m'ayant aperçu pâlit,
& s'arrêta tout court : ,, Descends, mal-
,, heureux, lui criai-je, prépare-toi à me
,, faire raison des injustices que tu as fai-
,, tes à la plus digne de toutes les femmes
,, & à moi ; dis-moi où tu as emmené ma
,, chere Maîtresse, ou cet instant sera le
,, dernier de ta vie ; tu me vas payer
,, tous tes crimes. ,, Avant qu'il eût repris
,, ses esprits, un des domestiques qui craignoit aussi pour lui-même les suites de
cette aventure, prenant la parole me dit :
,, Monsieur ne lui faites point de mal,
,, ce n'est pas à l'Ecuyer qu'il faut vous
,, en prendre, si on a enlevé cette jeune
,, dame ; elle est à plusieurs milles en
,, avant sous la conduite du Chevalier Wal-
,, ter. ,, Sans faire attention à ce que disoit ce domestique, je fis encore une fois
le même compliment à l'Ecuyer, qui don-

nant des éperons à son cheval, passa devant moi fort vîte avec un des laquais. Je
ne pus pas l'empêcher ; mais étant mieux
monté que lui, je ne tardai pas à l'atteindre ; je lui lâchai un coup de piſtolet. Il
tomba de cheval ; alors je voulus mettre
pied à terre ; en deſcendant je reçus par
derriere dans les temples un coup de man-
che de fouet, qui me fit tomber ſans ſentiment aux pieds de mon cheval. Cet étour-
diſſement ne dura pas long-tems , vingt
coups de pied & de poing m'en tirérent
bientôt ; l'Ecuyer n'étoit tombé que de
peur, il en vouloit à ma vie , & crioit à
ſes gens de courir après mon cheval & de
lui aporter l'autre piſtolet ; car , ,, di-
,, ſoit-il , je veux achever ce chien-là avant
,, de partir. ,, J'entendois diſtinctement
ces paroles , lorſqu'un coup ſemblable au
premier vint me replonger dans le même
état que devant. Je ne ſçaurois dire combien je reſtai de tems ſans mouvement &
ſans connoiſſance ; quand j'eus repris mes
ſens , ma fureur ne pût s'exprimer que par
des cris & des ſanglots. J'eſſayai de me
relever ; le ſang que j'avois perdu & les
coups dont on m'avoit accablé ne m'en
laiſſerent pas la force ; & je fus contraint
de reſter dans cet état juſqu'à ce qu'un
paſſant charitable voulut bien me faire conduire dans quelque maiſon d'où j'enverrois
chercher du ſecours. Jugez quels devoient
être mes tranſports : je me repreſentois ma
chere Louiſe implorant mon ſecours à

grands cris. Cette idée réveilla toute ma
rage contre le malheureux qui m'avoit mis
dans un état si déplorable, & rapella dans
mon esprit toute sa méchanceté & le mal
qu'il m'avoit fait. „ Oui, m'écriai-je d'une
„ voix foible, l'asyle le plus sacré ne te
„ mettra point à couvert de mon ressenti-
„ ment ; je t'arracherai même d'entre les
„ bras de ton oncle, & je te donnerai la
„ mort que tu mérites, pour venger tes ou-
„ trages contre la plus charmante de tou-
„ tes les filles. „ Ces résolutions me sou-
lageoient, à ce qu'il me sembloit, & adou-
cissoient mes maux, lorsque j'aperçus à
quelque distance un carosse avec quelques
domestiques à cheval. Ils ne m'eurent pas
plutôt découvert, qu'il en sortit un Gentilhomme d'une mine respectable, qui s'a-
prochant de moi, me demanda avec em-
pressement d'où m'étoient venus les mauvais traitemens dont je portois les marques ? J'essayai une ou deux fois de lui
répondre ; mais la voix me manqua. Ce
Gentilhomme dit à ses domestiques de me
mettre doucement dans le carosse, & d'aller à petit pas à sa maison, qui n'étoit qu'à
deux ou trois milles. Nous y arrivâmes au
bout d'une heure & demie ; je trouvai qu'il
avoit pris les devans, afin de préparer tout
ce qu'il falloit pour me recevoir. On me
tira du carosse, & on me porta dans un
lit ; mais j'entendis en traversant une chambre, une femme dont la voix ne m'étoit
pas inconnue, qui s'écria ; O Ciel que vois-

je ? C'eft M. Thompfon. Je retournai la tête pour voir la perfonne qui me connoiffoit fi bien, & qui marquoit tant d'intérêt pour moi. Elle avoit difparu fur le champ ; ce qui me fit faire quantité de conjectures différentes.

CHAPITRE XXVII.

On prend un foin extraordinaire de lui chez un Gentilhomme étranger. Il fait un rêve fingulier qui contribue à fon rétabliffement. Il aprend le nom de fon généreux bienfaiteur, qui le furprend beaucoup en lui difant qu'il a rendu un grand fervice à fa femme.

QUoique j'euffe recouvré l'ufage de mes fens, la quantité de fang que j'avois perdu ne m'avoit pas encore rendu celui de la parole ; je ne pouvois marquer que par mes regards à mon généreux libérateur la reconnoiffance que m'infpiroient fes bontés & le foin extrême qu'il prenoit de ma fanté. On envoya chercher un Chirurgien, qui, après avoir examiné mes plaies & mes contufions, les trouva affez confidérables pour mettre ma vie en danger. Il apréhendoit fur tout qu'il ne me furvint de la fievre ; ainfi après m'avoir panfé, il recommanda expreffément qu'on me tînt le plus tranquille qu'on pourroit, qu'on ne me parlât point, & qu'on ne me fît pas parler

pour quelque cauſe que ce fût. Ses ordres
furent exécutés ponctuellement ; mais les
inquiétudes & l'affliction de mon ame pen-
ſerent déconcerter tout ſon art. L'idée de
la perte de ma chere Louiſe , la violence
qu'on pouvoit employer pour la rendre malheureuſe , l'ignorance totale où j'étois du
lieu où on l'avoit conduite , d'une part : d'un
autre côté ma rage & ma fureur contre le
miſérable qui m'avoit ſi indignement traité ,
ne me laiſſoient goûter aucun inſtant de
repos. Je formai dans ma tête mille projets informes & mal digérés pour délivrer
ma Maîtreſſe , & me venger de mon ennemi. D'ailleurs l'abſence de mon ami &
la ſituation où ma fuite téméraire & préci-
pitée devoit avoir mis mon pere & ma
mere , me cauſoient des inquiétudes incon-
cevables. Ces différentes réflexions me fa-
tiguerent à tel point , que je m'endormis
de laſſitude , & je fis un ſonge fort ſingu-
lier. Je croyois voir mon aimable Maîtreſſe dans une prairie émaillée de tous les dons
que Flore nous diſpenſe dans la plus déli-
cieuſe ſaiſon de l'année. A meſure que nous
nous aprochions pour nous embraſſer , nous
fûmes ſurpris d'apercevoir un ruiſſeau ra-
pide & profond que nos premiers tranſports nous avoient empêché de découvrir.
Cet obſtacle imprévu nous attriſtoit , &
j'allois me jetter dans l'eau pour jouir plus
plus promptement des embraſſemens de
cette charmante fille , lorſqu'avec ce ſourire tranquille qui lui eſt ordinaire , elle arrêta

fêta mon impatience par ces mots. Oh !
mon cher Thompfon , vous avez du bon
fens, fervez-vous en, plutôt que d'entre-
prendre une action fi téméraire ; fongez en
quel état je ferois réduite , fi vous alliez
à mes yeux vous noyer dans ce ruiffeau.
Gagnons plutôt la fource , ou cherchons
de chaque côté fi par hazard nous ne trou-
verons pas quelque bateau ou quelque pont
pour pouvoir nous joindre. J'obéis à cette
douce image ; & jettant mes regards de
tous côtés , j'aperçus une petite nacelle ama-
rée à un arbre du côté où j'étois ; j'y courus avec joie ; & après l'avoir déliée , je
fautai dedans , & je me mis en devoir de
traverfer la riviere. Quand je fus à la lon-
gueur du bateau de l'autre bord , je pris
une fecouffe pour arriver plutôt à terre ;
le pied me manqua , & je tombai dans
l'eau : en étant forti , fatigué des efforts
que j'avois fait , & tout mouillé , je ne vis
plus ma chere Louife ; je commençai à me
plaindre de mon malheur avec les geftes
& les difcours paffionnés qu'un pareil contretems devoit me fuggérer , lorfque je l'entendis qui m'apelloit par mon nom du bord
du ruiffeau que je venois de quitter. » Ah
» mon cher ami , me dit-elle , que la vio-
» lence de vos defirs nous rend malheu-
» reux ! La Providence toujours propice à
» ceux qui mettent en elle leur confiance,
» & qui tâchent d'obtenir fes faveurs avec
» un efprit tranquille & patient , ne favo-
» rife jamais les entreprifes téméraires des

II. Partie.   G

» gens fous & inconfidérés. Combien de
» fois m'avez-vous promis de conformér
» vos defirs aux miens, de vous repo-
» fer fur la foi que je vous ai vouée, &
» d'attendre patiemment que le Ciel fe dé-
» clare en notre faveur ? Adieu. Il ne m'eſt
» pas permis de fatisfaire nos ardens defirs,
» jufqu'à ce que vous ayez acquis plus de
» modération & de tempérance. Cependant
» j'ai lieu de croire que nous ferons heu-
» reux un jour. » A ces mots le cher fan-
tôme difparut à ma vue, & je m'éveillai
plein de chagrin & d'inquiétude. Néanmoins
ce fonge fit fur mon efprit un effet foudain
qui feconda les efforts du Médecin. Je le
regardai comme un avertiffement du Ciel
d'être moins violent dans mes defirs ; & me
rapellant la conformité de ce fonge avec
ce que ma chere Louife m'avoit toujours
recommandé, fur-tout dans fa derniere
lettre, je devins plus tranquille ; & il fe
fit en moi un fi grand changement, qu'au
bout de deux ou trois jours je fus en état
de parler, & de me tenir à mon féant fur
mon lit. J'avois une curiofité prodigieufe
de fçavoir en quelles mains j'étois tombé,
& particulierement le nom de la Dame qui
avoit marqué tant d'émotion à ma vue.
Depuis que j'étois dans cette maifon je n'a-
vois pas vu d'autre femme qu'une vieille
qu'on m'avoit donnée pour garde. Le maître de la maifon qui fembloit redoubler
d'attention pour moi de jour en jour, ne
me parloit qu'avec beaucoup de circonf-

pection, de peur de me caufer du trouble. Je pris alors fur moi de demander à cette vieille femme le nom de mon bienfaiteur : elle me répondit que c'étoit l'Ecuyer Goodvill, & que la maifon où j'étois fe nommoit le Mont-Chrétien. J'en avois déjà entendu parler autrefois, & je compris que j'étois à environ douze lieues de chez mon pere. Je réfolus fur le champ d'envoyer un meffage à M. Diaper. Le lendemain matin M. Goodvill étant venu me voir, me trouva levé & affis auprès du feu. Il me marqua quelque apréhenfion que je ne me fuffe un peu trop preffé, & me fit compliment fur ma convalefcence dans des termes tout-à-fait affectueux. Je le remerciai des bontés qu'il avoit eues pour moi, & je le fis de fi bon cœur que je ne croyois pas pouvoir jamais en avoir affez de reconnoiffance. Il me répondit que je ne devois pas penfer à cela, qu'il n'avoit fait pour moi que ce qu'il fe feroit cru obligé de faire pour tout autre en pareil cas ; & qu'il étoit d'autant plus charmé d'avoir contribué à me fauver la vie, que j'avois rendu autrefois à fon époufe quelques fervices qu'il n'oublieroit jamais. Ce difcours me rendit confus ; je ne me rapellois pas l'avoir jamais vu. Je lui communiquai mes doutes, & lui dis que quoique j'euffe profité de l'honneur de fon amitié & de fes bienfaits par une erreur qui m'avoit été fi favorable, je croirois manquer de fincérité, fi je ne lui déclarois qu'il fe trompoit, &

que je n'avois jamais eu le bonheur de connoître fon époufe. Il fourit à ces mots, & m'affura qu'il ne doutoit pas que je ne la reconnuffe fi-tôt que je la verrois ; qu'il lui donneroit le lendemain cette fatisfaction au déjeûner, qu'elle le lui demandoit depuis long-tems ; mais qu'il avoit cru devoir différer jufqu'alors, de crainte que la furprife ne me fit mal.

CHAPITRE XXVIII.

Il fait fçavoir à fon ami l'endroit où il eft. Il reçoit la vifite de Madame Goodvill ; fa furprife en la voyant. Qui elle eft. Elle lui raconté fes aventures.

DÈs que M. Goodvill m'eût quitté, j'écrivis à mon ami Diaper, & lui marquai que j'étois au Mont-Chrétien, & tout ce qui m'étoit arrivé depuis mon départ précipité de chez mon pere. Je tâchai de m'excufer de mon mieux, & le priai en grace de ne rien dire à ma famille de mon état, & de me venir voir auffi-tôt, afin que je puffe m'en retourner avec lui ; en même-tems je le chargeai de mettre fous la protection de ma mere jufqu'à mon retour, la pauvre Fidele que j'avois entiérement oubliée jufqu'alors. Je lui envoyai cette lettre en droiture par un domeftique que M. Goodvill eut la bonté de me prêter pour cela.

Il faut avouer que j'avois quelque impatience de voir Madame Goodvill; je
trouvois si singulier qu'elle me connût,
que j'attendis avec peine l'événement de
cette entrevue. Je m'imaginai aussi-tôt que
ce devoit être la Dame dont j'avois entendu la voix en arrivant; ce son de voix
qui ne m'étoit pas inconnu, augmentoit
de plus en plus mon embarras : enfin le
moment arriva où M. Goodvill entra dans
mon apartement avec son épouse. Je me
levai pour les saluer : quelle fut ma surprise
& mon étonnement, quand je reconnus
les traits de l'aimable & malheureuse Miss
Modish. Sa situation présente, le discours
que M. Goodvill m'avoit tenu la veille, &
le souvenir de ce qui s'étoit passé entr'elle
& moi quelques années auparavant, me
plongerent dans un cahos d'idées que je
ne pouvois débrouiller. Elle s'aperçut de
mon embarras; & m'ayant fait asseoir :
,, Je ne suis point étonnée, dit-elle, de
,, votre surprise; en effet, vous ne deviez
,, pas vous attendre à voir dans une situa-
,, tion si heureuse une femme qui a été si
,, infortunée pendant sa jeunesse. J'ai été
,, également frapée de voir amener chez
,, moi dans un état si cruel, un homme
,, que j'estimerai toute ma vie. Cette aven-
,, ture m'a donné beaucoup de chagrin. Si
,, M. Goodvill, qui sçait toutes les particu-
,, larités de mon histoire, veut bien me le
,, permettre, & que vous ayez assez de
,, force pour en entendre le récit, je vous

G 3

„ aprendrai ce que la Providence a fait en
„ ma faveur, & comment de la femme la
„ plus infortunée je fuis devenue la plus
„ heureufe du monde; je le ferai d'autant
„ plus volontiers que cela me fournira l'oc-
„ fion de faire voir l'eftime que j'ai pour
„ M. Thompfon. „ Je la remerciai de fes
bontés de la maniere la plus fincere, & lui
dis que je ferois charmé d'aprendre fes
aventures : M. Goodvill qui avoit quelque
affaire, demanda permiffion de nous quitter, & fon époufe prit la parole de la maniere fuivante.

Aventures de Madame Goodvill.

Vous devez vous reffouvenir, M. de
l'embarras où je me trouvai le jour que je
fus rencontrée par mon beau-frere en reve-
dant de promener à la campagne avec vous,
& que je vous écrivis enfuite une lettre
trifte que me dictoit mes inquiétudes pour
vous & pour moi. M. Modish étoit fi animé
que je ne voulus lui découvrir ni votre nom
ni votre demeure. Il juroit de fe venger de
l'injure qu'il prétendoit avoir reçu de vous;
mais je tins bon contre toutes fes menaces :
la brutalité le porta à me faire des outrages dont le reffouvenir me fait encore trembler. Une demie-heure après que je vous
eus envoyé ma lettre; il me força de monter en caroffe avec fon frere & lui, & une
valife dans laquelle on enferma mes habits
& mon linge; le Cocher fuivant les inftruc-

tions qu'il avoit reçues nous mena grand train, & nous conduisit dans un Village à sept milles de Londres, où nous débarquâmes à la porte d'une assez grande maison, que je reconnus bientôt pour un de ces endroits où on prend des fous en pension. Figurez-vous quel fut mon désespoir & mon affliction, lorsque j'entendis recommander à la maîtresse du logis de me tenir fort resserrée, & même s'il le falloit, de me lier, de me raser la tête, & en un mot de me traiter comme l'exigeroit la nature de ma maladie : après quoi mon mari m'ayant menacé d'exercer contre moi la plus terrible vengeance, il partit & me laissa dans un état plus aisé à imaginer qu'à décrire. Cette femme s'approcha de moi d'un air plein de douceur, & me dit de me consoler, qu'elle voyoit déjà ce dont il étoit question, & qu'elle compâtissoit de tout son cœur au malheur de ma situation ; elle ajouta qu'elle avoit trop à souffrir elle-même de la brutalité de son mari pour ne pas chercher autant qu'elle pourroit à adoucir ma captivité, par pure sympathie. En un mot, je trouvai dans cette bonne femme tant d'humanité, que je commençai à me croire plus heureuse que je n'eusse osé l'espérer. Son mari étoit à la vérité un tyran brutal, qui accoutumé de dominer & de châtier les êtres malheureux qui tomboient entre ses mains, n'eut pas plus d'égard pour moi que pour les autres ; le moindre prétexte lui suffisoit pour m'enfermer dans mon apar-

G 4

tement ; il juroit que j'étois abſolument
folle , & qu'il falloit me traiter en conſéquence. Sa femme qui m'aimoit véritablement m'avertit que ſi je voulois l'humani-
ſer un peu , il falloit leur rendre le plus de
ſervices que je pourrois dans la maiſon. Ce
ſtratagême me réuſſit : en peu de tems je
fus chargée des clefs , & devins la geoliere
des autres priſonniers mes compagnons. Je
vous ferois dreſſer les cheveux , ſi je vous
racontois de combien de crimes j'ai eu
connoiſſances dans le tems que je paſſai
dans cette maiſon. J'y vis des femmes ame-
nées comme folles par des maris qui en
étoient las , des peres par leurs enfans , des
enfans par leurs peres ; tous y recevoient
un traitement ſi dur , que ſouvent ils y
devenoient réellement fous , ou y ga-
gnoient d'autres maladies auſſi fâcheuſes.
Les maîtres de ces maiſons ſont ordinairement des gens de la lie du peuple , qui
n'ont aucun ſentiment de pitié pour perſonne , & qui uſent du pouvoir qu'on leur
donne avec une dureté qui fait frémir : ils
cherchent tous les moyens poſſibles pour
gagner de l'argent , & on peut dire que
des forçats ſont mieux nourris que leurs
penſionnaires , quoique les parens paient
une forte penſion pour leur entretien. Ma
bonne amie qui n'étoit guere mieux trai-
tée , déploroit ſouvent ſa malheureuſe deſ-
tinée , & la néceſſité où elle ſe trouvoit de
ſuporter de pareils procedés , qui la péné-
troient juſqu'au fond du cœur. Dans le

grand nombre de perſonnes qui furent ame-
nées dans cette maiſon ſous prétexte de
folie pendant l'eſpace d'un an & demi,
j'en remarquai au moins dix ou douze qui
étoient dans leur bon ſens autant que moi,
& qui n'avoient été mis là que par la mau-
vaiſe volonté de leurs parens, & pour ſa-
tisfaire leur vengeance & leur cruauté. Mon
mari qui payoit quarante livres ſterlings de
penſion pour ma nourriture & ma priſon,
ne vint plus m'y voir : j'apris au bout de
deux ans qu'il étoit mort ſans avoir pourvu
à mon entretien pour l'avenir ; en conſéquence on me donna la liberté de m'en aller
où je voudrois. Je me trouvai dans un grand
embarras. Aller chercher le peu qu'il me
reſtoit d'amis, & me pourvoir en Juſtice
pour recouvrer ma dot, contre les parens
de mon mari à qui il avoit laiſſé juſqu'au
dernier ſol de ſon bien, ce moyen me paroiſſoit bien lent. Mon pere étoit mort :
j'avois bien encore un frere ; mais je le ſça-
vois mal à ſon aiſe, & outre cela trop
avaricieux pour m'aider. J'eus envie de vous
écrire pour vous donner avis de ma malheureuſe ſituation : j'en fus détournée par
une ſuite de réflexions que je fis ſur ma conduite paſſée, dont j'étois réſolue depuis
long-tems de me corriger, & qui m'avoit
portée à des actions que je n'euſſe jamais
faites, ſi ma bonne fortune m'eût fait tomber en partage à un mari plus doux, plus
humain & plus raiſonnable que M. Modish :
d'ailleurs j'eus peur de porter préjudice à

la fortune d'un jeune homme à qui son caractere sembloit promettre un meilleur sort que de posséder le cœur d'une femme aussi infortunée. Oui, Monsieur Thompson, quoique je vous aie toujours aimé depuis le premier jour que je vous ai vu, j'étois pourtant résolue à ne point me livrer à ma passion d'une maniere aussi criminelle que j'avois fait auparavant ; c'est ce qui m'empêcha de vous faire sçavoir ma situation. J'acceptai à la fin la proposition de Madame Ludlow : je m'humiliai jusqu'au point de recevoir des gages de son mari pour l'aider dans les affaires de son ménage, & quelquefois dans la surintendance des fous sous ses soins. J'acceptai ce poste uniquement par esprit de pénitence, & pour expier en quelque sorte ma mauvaise conduite passée. Ces réflexions sérieuses, la vue des miséres humaines, dont j'avois tous les jours quantité d'exemples devant les yeux, & la conversation de ma maîtresse, dissiperent tous mes chagrins : je jouis dans cet état vil d'un calme que rien ne sembloit pouvoir altérer ; je ne souhaitois plus même aucun changement dans ma fortune, lorsque la Providence, sans doute pour récompenser ma résignation à ses ordres, & me mettre par sa bonté en situation de faire éclater mon repentir dans un état plus conforme à celui où je suis née, envoya un jour dans la maison comme malade un homme qu'elle avoit réservé pour me procurer un bonheur complet. Un carosse suivi de

hombre de domeſtiques à riches livrées, arrêta à la porte ; & j'en vis ſortir un homme de très-bonne mine , en qui on remar-
quoit une mélancolie profonde , & une eſpece de ſtupidité, qui ne paroiſſoit point
naturelle , & qui marquoit trop le genre de
ſa maladie pour laiſſer douter de la perte
de ſa raiſon. Il étoit conduit par deux autres perſonnes à peu-près de ſon âge, qui
après l'avoir fait entrer dans la ſalle de compagnie , le laiſſérent pour donner à mon
maître les inſtructions néceſſaires ; ils furent
plus long-tems à converſer qu'on ne l'eſt
d'ordinaire en pareil cas : ils parloient avec
beaucoup de force & de véhémence ; &
j'entendis l'un d'eûx dire à mon maître ,
que s'il obſervoit ſcrupuleuſement ſes ordres, il auroit, outre le prix convenu , une
récompenſe de cent guinées. Sans ſçavoir
pourquoi , le ſort de ce bon Gentilhomme
me toucha dès le premier moment ; j'eus
pitié de l'aliénation de ſon eſprit ; j'aurois
voulu le voir en meilleur état, & je me ſentis une inclination ſecrette pour le ſervir. Ses
conducteurs me mirent chacun une guinée
dans la main, en me priant de joindre mes
ſoins à ceux de mon maître & de ma maîtreſſe , pour tenir leur ami de cour, & ne
le laiſſer voir qui que ce ſoit, à moins que
l'un ou l'autre d'eux n'y fût preſent. Je ne
pus m'empêcher de trouver dans leurs procédés quelque choſe d'extraordinaire ; &
ſi je n'euſſe pas aperçu à ce Gentilhomme
les ſignes de fureur dans les yeux , & de

stupidité dans son air, je me serois imagi-
née dès lors qu'on l'avoit amené plutôt
comme une victime, que pour y trouver
remede à sa maladie. Quand ils nous eurent quittés, mon maître me dit d'aller
faire préparer pour lui une certaine chambre
qui étoit la plus mauvaise de la maison. Je
voulus lui en marquer ma surprise ; taisez-
vous, me dit-il, point d'impertinence, &
obéissez. Je fis ce qu'il m'ordonnoit : le
Gentilhomme y fut renfermé ; & lorsqu'on
lui mit l'habit de la maison, loin d'oposer
la moindre résistance, il se laissa faire comme un enfant. Monsieur Ludlam me chargea alors d'en prendre soin, & de n'en
point parler au Docteur *Hellebore*, Médecin de la maison, parce que ces
Messieurs avoient aporté avec eux les re-
medes qu'il lui falloit, & que je devois lui
donner le matin de deux jours l'un. Ce
procédé, qui étoit contraire à notre mé-
thode accoutumée, ne fit qu'augmenter de
plus en plus ma surprise. C'étoit à moi à
obéir sans repliquer ; cependant quand je
déclarai à ma maîtresse les ordres que j'a-
vois reçus, elle ne put s'empêcher de dire en secouant la tête, qu'elle craignoit
bien que ce pauvre malade ne sortit pas
vivant de sa maison. Aucun des autres domestiques, hommes ni femmes, n'eurent
permission d'en aprocher ; je fus la seule, tant
notre Geolier avoit de confiance en moi.
La premiere fois que j'allai le voir, je le
trouvai dans une attitude fixe, pleurant

comme un petit enfant , & à toutes
les queſtions que je lui fis , il me répon-
doit avec la même ſimplicité & la même
inattention. On ne lui laiſſoit manger rien
de ſolide ; ſa nourriture conſiſtoit en de
l'eau de gruau , du pain, du fromage &
du beurre, pour leſquels il ſe ſentoit ſi
peu de goût , qu'il laiſſoit tous les jours
les trois quarts de ce qu'on lui avoit porté
la veille. Il reſta dans cet état pendant
près d'un mois que je le ſervis : tous les
deux jours je mettois dans ſon eau de gruau
une poudre que mon Maître me donnoit
pour cela. Il étoit toujours aſſoupi , &
devint ſi maigre que les os lui perçoient la
peau. Je lui portois ſouvent en cachette
des mets de notre table ; il les mangeoit
avec beaucoup d'avidité , & bien plus
volontiers que ſes nourritures ordinaires.
Les choſes étoient dans cet état , quand
mon Maître fut obligé de faire un voyage
d'une ſemaine à Cambridge, pour y aller
chercher un nouveau malade. Nous
oubliâmes de lui faire laiſſer de la poudre
qu'il ne donnoit que doſe à doſe ; je ne la
connoiſſois pas, & je n'en avois jamais vu
auparavant ; mais il me paroiſſoit que
c'étoit une compoſition de pluſieurs ſortes
de drogues & de minéraux. Cet oubli
fut cauſe que notre malade reſta trois
jours ſans prendre de cette poudre ; car
ce ne fut qu'alors que Monſieur Ludlam
s'aperçut qu'il n'en avoit point laiſſé. Il
négligea ſon affaire, & revint promptement

pour réparer fa faute ; il étoit trop tard.
Le matin du fecond jour après fon départ,
notre malade commença à parler beaucoup ;
il maudiffoit fon frere & plufieurs autres,
qu'il nommoit par leurs noms, & qui, à
ce qu'il difoit, avoient été la caufe de fon
malheur. Cependant il me parla fort
doucement, même dans fes accès de colere ;
& me dit le foir avec beaucoup plus de
tranquillité que je ne lui en avois encore
vû, qu'on l'avoit furpris ; que fon frere
& quelques autres perfonnes, pour profiter
de fon bien & l'empêcher de faire un
mariage qui auroit déconcerté leurs deffeins, avoient faifi l'occafion d'une débauche, & mêlé dans fa boiffon une
poudre foporifique qui l'avoit mis dans
l'état où il fupofoit que je l'avois vu d'a-
bord, & qu'il ne doutoit pas qu'ils n'euf-
fent continué à lui faire prendre depuis
de cette compofition diabolique. Il me pria,
pour l'amour de Dieu, d'entendre fon hiftoire ; elle me parut à la vérité bien fâcheufe.
Il avoit déjà été dans un autre maifon de fols,
& il s'étoit aperçu qu'on l'y avoit remis dans
le deffein de lui ôter la vie. ,, Je n'exige
,, point que vous me croyez, ajouta-t-il ,
,, jufqu'à ce qu'après m'avoir entendu ra-
,, conter plufieurs fois mon hiftoire, fans
,, y faire aucun changement, vous foyez
,, convaincue par-là & par la fituation tran-
,, quille de mon efprit, que je ne fuis point
,, un fol, & qu'à l'inftant que je vous
,, parle je jouis de tout mon bon fens. Je

„ fens bien que depuis que je fuis dans
„ cette maifon on a continué de me don-
„ ner la même poudre ; mais je me flatte
„ que ce n'a pas été de votre aveu ; &
„ je fuis perfuadé que, quand vous ferez
„ bien convaincue de la vérité de ce recit,
„ & que vous fçaurez qui je fuis, vous
„ emploierez vos bons offices pour me
„ procurer la liberté : la bonté de votre
„ cœur m'en répond. De mon côté pour
„ reconnoître un fervice auffi important,
„ je vous jure de la maniere la plus fo-
„ lemnelle que je vous rendrai la maîtreffe
„ de ma perfonne & de toute ma fortune,
„ dès l'inftant que j'aurai arrangé mes af-
„ faires. Si je fuis encore vivant, c'eft fans
„ doute qu'il y a eu quelque méprife dans
„ l'exécution de leur indigne projet. Je
„ vous conjure de me dire, fi vous le
„ fçavez, comment on me donne cette
„ maudite drogue qui captive mes fens,
„ de ne plus m'en donner à l'avenir, &
„ de m'en faire voir. Pour vous prouver
„ que j'ai toute ma raifon, je continuerai
„ à contrefaire la même ftupidité qu'aupara-
„ vant, afin que votre coquin de Maître,
„ (car je m'aperçois que vous fervez dans
„ cette maifon,) ne foupçonne rien du
„ changement heureux qui fe fera en moi.
„ Jugez combien je fus furprife de l'entendre ainfi raifonner. Je doutai d'abord de
la réalité de ce que j'entendois, & je crus
que c'etoit un accès fubit de fa maladie ;

mais en me rapellant tout ce que j'ai ra-
porté ci-devant, & le comparant à ce qu'il
venoit de me dire, je ne pus m'empêcher
de croire qu'on avoit trâmé quelque projet
horrible contre ce pauvre Gentilhomme.
Je lui promis mes services, pourvu qu'il
persistât le lendemain à me donner les
mêmes preuves de bon sens : j'avois entendu dire à Monsieur Ludlow que c'étoit
un Gentilhomme fort riche du pays d'York;
& qu'il se nommoit Goodvill ; ce qui me
surprenoit le plus, c'est que j'avois apris
de plusieurs côtés, qu'après un examen
exact le Chancelier d'Angleterre avoit prononcé contre lui une interdiction pour
cause de démence. Je lui communiquai
mon embarras ; il me dit que le fait
étoit véritable ; mais que ce jugement
avoit été rendu contre lui dans un tems
où on lui avoit fait prendre de la poudre
qui l'avoit rendu pour quelques jours incapable d'agir & de répondre pertinem-
ment aux questions qu'on lui fit alors ; que
pour peu qu'il eût la commodité de voir
ses amis, ils obtiendroient facilement du
Chancelier la révision de son affaire ; mais
que jamais il ne pourroit en venir là, si
je ne lui procurois la facilité de s'échaper
& d'aller à Londres. Le lendemain, son
bon sens me convainquit si parfaitement
des mauvaises manœuvres de ses ennemis,
que je résolus de faciliter son évasion dès
le soir même. Il m'en témoigna sa reconnoissance

noissance de la maniere la plus affectueuse ;
il me prit dans ses bras, & me protesta
qu'il ne vouloit ni ne pouvoit jouir de la
fortune que j'allois lui rendre, à moins
que je ne lui promisse de la partager avec
lui. En un mot, Monsieur Thompson, sa
personne, ses façons, & une inclination
secrette dont je ne pus pas me défendre,
me dicterent une réponse conforme à ses
desirs ; & quand je lui eus raconté mes
aventures, il me dit qu'il ne pouvoit s'empêcher de remarquer que la Providence, en
nous faisant rencontrer ainsi, nous avoit
sans doute destinés à finir réciproquement
nos malheurs. Je lui aidai à déchirer les
draps de son lit, & à fausser les barreaux
de ses fenêtres, où je les attachai pour faire
croire qu'il s'étoit échapé sans l'aide de personne. Pour moi je lui ouvris une porte
de derriere, & celle du jardin ; d'où après
un tendre embrassement je le vis prendre
la route de Londres aussi vîte que ses forces & le mauvais état de sa santé le lui purent permettre. Il y avoit à peine quelques
heures qu'il étoit parti, que Monsieur *Ludlam* revint fort inquiet à cause de son oubli, & il étoit déja sur le point d'en rejetter
la faute sur moi ; mais quand en montant
les degrés il eut aperçu ce qui s'étoit passé,
il se mit à jurer & crier comme un fou ;
& s'il n'eût cru devoir poursuivre Monsieur
Goodvill sans aucun délai, sans doute dans
sa colere il m'eût bien maltraitée. J'eus le
plaisir de le voir revenir le lendemain hâ-

II. Partie. H

raffé & défefpéré de n'avoir pu découvrir
aucune nouvelle de fon fugitif : dès le fur-
lendemain il envoya un exprès au frere de
Monfieur Goodvill , pour l'inftruire de fa
fuite , & fit mettre dans les Gazettes un
avertiffement avec promeffe d'une récom-
penfe pour quiconque le rameneroit. Tout
fon reffentiment tomba fur moi ; & malgré
les remontrances de fa femme , il jura qu'il
me mettroit à la porte pour punir ma né-
gligence. Nous avions été quelque tems
fans entendre aucune nouvelle de Monfieur
Goodvill. Quand un foir je vis arrêter chez
nous un caroffe à fix chevaux. Quelle fut
ma furprife, quand j'en vis defcendre &
entrer dans la maifon Monfieur Goodvill
lui-même avec un de fes amis. Je courus à
fa rencontre ; tout en entrant il me prit
dans fes bras , & dit à fon ami : voilà mon
Ange Gardien , & la libératrice à qui je
fuis redevable de la vie & de ma fortune :
Je fuis venu , ma chere , me dit-il , le plus
vîte qu'il m'a été poffible , pour vous faire
partager mon bonheur. Le Lord Chancelier , convaincu par fes propres yeux , par
le témoignage de mon digne ami & de
quelques autres perfonnes , qu'on lui en
avoit impofé , & qu'on a pratiqué mille
mauvaifes manœuvres pour me perdre , a
révoqué fon jugement , & m'a remis en
poffeffion de ce qu'on m'avoit fi indignement ôté. J'ai dirigé hier mon action contre mes ennemis ; & je veux les faire punir, comme ils méritent de l'être. Je me

fuis rapellé cependant les obligations que
vous m'avez dit avoir à Madame *Ludlam*.
C'eft pourquoi je n'ai point compris fon
mari dans l'accufation, à condition qu'il
fervira de témoin contre mon frere & les
autres confpirateurs. *Ludlam* qui dans ce
moment venoit de defcendre, entendit ces
derniers mots ; & fe jettant à fes pieds, il
avoua qu'il avoit eu part à cette affaire ;
& qu'il s'étoit chargé de lui faire prendre
de ces drogues qu'on lui avoit remifes,
afin de le priver de la vie le plutôt qu'il feroit poffible. Il leur avoua encore d'autres
chofes qui s'étoient paffées entre le frere
& lui, & qui les jetterent dans le plus
grand étonnement. Ils lui donnerent les avis
convenables en pareil cas ; ce qui toucha
tellement M. *Ludlam*, qu'il promit de fe
corriger à l'avenir, & les affura qu'il avoit
un regret très-fincere de tous les crimes
de cette nature dont il s'étoit rendu coupable. Je fis mes adieux à ma bonne Maîtreffe ; & Monfieur Goodvill lui ayant fait
un affez beau prefent, m'emmena avec lui
à Londres, où il m'époufa le lendemain
matin. Depuis ce moment j'ai mené la vie
la plus heureufe avec cet excellent homme. Nous avons paffé trois mois dans cette
maifon, & nous aprenons que les confpirateurs apréhendant l'événement du Procès, & de n'avoir pas le tems de fe mettre en fûreté, fe font retirés en France,
où mon mari juge à propos de les abandonner aux remords de leur confcience,

H 2

sans pousser plus loin contr'eux son juste
ressentiment ; il a fait plus , il a même envoyé quelque argent à son malheureux frere
pour survenir à ses besoins , tant il aime à
pardonner. M. *Ludlam* s'est corrigé , & vit
beaucoup mieux avec sa femme , avec qui
je me fais un plaisir d'entretenir un commerce d'amitié. Voilà , Monsieur Thompson, les choses surprenantes qui me sont
arrivées. Mon mari ne sçait rien de notre
ancienne familiarité ; c'est la seule circonstance de ma vie que je lui aie cachée. Votre prudence vous dictera la conduite que
vous-devez tenir pour ne donner aucune
inquiétude à Monsieur Goodvill ni à moi.
Je compte que vous avez toujours conservé le même amour que je vous ai connu
pour la vertu ; c'est ce qui m'engage plus
que toute autre chose à vous demander une
part dans votre amitié. De mon côté je
tâcherai de vous prouver en toute occasion , combien je me sens disposée à vous
obliger, tant par mes bons offices que par
ceux de mon mari. Je serois bien-aise
d'aprendre à mon tour quel accident funeste
vous a mis dans le cruel état où mon mari
vous a trouvé, & si vous continuez toujours la même profession que vous aviez
embrassée.

CHAPITRE XXIX.

Il raconte son aventure à Madame Good-
vill, qui s'engage à prendre Fidele à son
service. Arrivée de Monsieur Diaper,
avec qui il s'en retourne chez son pere. Il
reçoit une lettre de Miss Louise. Il part
pour Londres avec son ami, & vont tous
les deux chez Miss Bellair.

C'Est ainsi que cette aimable Dame finit
son histoire, dont je reffentis un sensible plaisir : le recit de ses peines m'avoit
fort touché, & je lui fis de très bon cœur
mon compliment sur le bonheur present
dont elle jouissoit, & qui à la vérité me
parut sans aucun mélange. La conversation
nous porta insensiblement à admirer les
voies de la Providence qui nous mene à
notre destination par des moyens cachés.
Ce recit venant à l'apui de mes réflexions
précédentes, me convainquit que tous nos
projets ne font pas capables de produire les
effets que nous en attendons, si la Providence n'en aprouve le plan ; & que nous
avons tort de nous allarmer des moindres
accidens & des obstacles qui viennent tra-
verser nos desirs, puisque souvent il en
résulte des effets auxquels nous les aurions
cru tout oposés. Je commençai donc à être
plus tranquille, & à me soumettre avec plus
de patience aux volontés du Ciel.

Je remerciai Madame Goodvill avec
beaucoup de chaleur des fentimens favorables qu'elle avoit pris de moi , & lui
racontai en peu de mots mes premières
aventures ; mais je m'entendis un peu plus
fur ce qui m'étoit arrivé depuis , & prin-
cipalement fur ma paffion pour ma chere
Louife. Elle nous plaignit des traverfes que
nous avions effuyées dans nos amours ;
en même-tems elle m'y fortifia de plus
en plus , en me repréfentant la prudence
& la conftance de ma Maîtreffe , & fa
promeffe de n'être jamais à d'autre que
moi : elle me fit comprendre que tous mes
tranfports de fureur & de colere étoient
autant d'injures à l'opinion que je devois
avoir conçue d'elle , & que loin d'avancer
mes affaires, ils m'avoient précipité dans
une foule de dangers & de défagrémens. Je
fentis toute la jufteffe de fes repréfenta-
tions, & je réfolus à l'avenir de me conduire avec plus de prudence , & d'avoir
toujours devant les yeux les inftructions de
ma chere Louife. Elle me rapella enfuite
le chagrin de *Fidele* quand elle fut féparée
de fa Maîtreffe, & s'offrit obligeamment
de la prendre avec elle, fi je le voulois, en
attendant que Miff Louife pût la reprendre
à fon fervice. Cette propofition me fit
d'autant plus de plaifir, que j'étois embarraffé de la maniere dont je pourrois placer
cette bonne fille, que ma chere Maîtreffe
m'avoit fort recommandée. J'étois fûr que
ma mere l'auroit prife avec plaifir ; mais

Je connoiſſois à mon pere un fonds de délicateſſe qui ne lui auroit pas permis de la garder chez lui dans de pareilles circonſtances. Monſieur Goodvill étant rentré alors, la converſation devint générale. Il me dit entr'autre choſe, qu'il avoit été bien-aiſe d'aprendre que nous fuſſions de la même Province ; qu'il ſe rapelloit d'avoir vu mon pere autrefois, qu'il deſiroit trouver occaſion de renouveller connoiſſance, avec lui, & qu'en quelqu'endroit que je fixaſſe ma demeure, il eſperoit qu'à l'avenir nous entretiendrions enſemble un commerce d'amitié. Je me ſentis trop flatté d'une pareille propoſition, pour ne pas lui en marquer ma reconnoiſſance. En effet, Monſieur Goodvill étoit un Gentilhomme riche & très-conſidéré dans ſa Province. Je découvris même dans cette converſation & dans pluſieurs autres que j'eus avec lui, qu'il étoit homme d'un grand ſens, d'un diſcernement exquis, & qu'il avoit même aſſez de connoiſſance des Belles-Lettres pour faire croire qu'il avoit paſſé la plus grande partie de ſa vie à étudier.

Ma ſanté ſe fortifiant de plus en plus, ils me menoient promener, tantôt en caroſſe, tantôt à cheval, & tâchoient à force d'amuſemens de chaſſer ma mélancolie, & de me rendre ma premiere ſanté. Au bout de quelques jours, mon ami Diaper arriva. Il étoit parti avec mon commiſſionnaire ſi-tôt qu'il avoit apris le lieu où j'étois. Sa préſence parut répandre dans mon eſprit

une nouvelle satisfaction, qui m'aida beaucoup à surmonter ce qui me restoit de foiblesse. Notre entrevue fut tendre & affectueuse ; il fut affligé de me trouver si changé : quand je lui eus fait le détail des cruautés que l'Ecuyer Rich avoit exercées sur
moi, il entra en fureur, & j'eus toutes les
peines du monde à l'empêcher de partir
sur le champ pour aller chercher ce malheureux, & le punir de tous ses crimes. Mes
amis que j'avois prévenus de son mérite
& de notre liaison intime, le reçurent avec
distinction, & n'épargnérent rien pour nous
rendre leur maison agréable. Je lui racontai
en quatre mots l'histoire de nos hôtes,
qu'il entendit avec plaisir ; elle lui fournit
quantité d'observations excellentes, par
lesquelles il essaya de me convaincre que
mes derniers écarts avoient été extravagans
& peu raisonnables. J'étois curieux de
sçavoir comment mon pere & ma mere
avoient apris mon départ ; il me dit qu'ils
avoient été tous les deux dans une conster-
nation inexprimable, en aprenant de *Fidele* le motif de mon voyage, & la façon
brusque dont j'étois parti : pour moi, dit-
il, je fus vous chercher de tous côtés, je
courus en vain pendant deux jours pour
aprendre de vos nouvelles. Jugez de notre
chagrin & de nos frayeurs à tous, lorsqu'un
Fermier du voisinage qui vous avoit vu
partir, ramena au logis votre cheval qu'il
avoit arrêté à travers champ. Votre mere
se trouva mal ; Fidele se tordoit les mains
avec

avec tous les symptômes du désespoir. Votre pere, à qui dans ce moment je découvrois votre amour, parce que je crus devoir le faire, fut frapé de frayeur qu'il ne vous fût arrivé quelque accident, & mit de tous côtés des gens en campagne pour découvrir où vous étiez, & ce qui vous étoit arrivé. Enfin tout le monde étoit inconsolable chez vous, lorsque j'ai reçu votre lettre. Malgré votre priere, je l'ai communiquée à Monsieur & Madame Thompson, qui en ont reçu beaucoup de consolation. Le Chevalier Walter n'est point retourné chez lui depuis le jour de son départ & du vôtre. Votre pere vous trouve bien imprudent de vous livrer à votre amour pour Miss Louise, avant que d'avoir un établissement dans le monde. Mais ce qu'il blâme le plus en vous, c'est la témérité & l'étourderie avec laquelle vous vous êtes conduit dans votre passion. Cependant je crois qu'intérieurement il est porté à favoriser vos prétentions, tant par amitié pour vous, qu'à cause de son respect & de son admiration pour le digne objet de votre flamme : il n'a pas pu s'empêcher d'avouer dans le particulier, que son mérite & sa beauté étoient une excuse suffisante de tout ce que vous avez fait.

Deux jours après l'arrivée de mon ami, me sentant assez fort pour me mettre en route, nous prîmes congé de Monsieur & Madame Goodvill, après les avoir remerciés de mon mieux des amitiés & des ser-

II. Partie. I

vices que j'en avois reçus ; nous nous quit-
tâmes avec protestations de part & d'autre
d'entretenir à l'avenir une étroite connoiffance, & je leur promis d'aller les voir
encore une fois à la campagne, ou du
moins auffi-tôt qu'ils feroient retournés à
leur maifon à Londres. Nous arrivâmes le
foir même chez mon pere : la vue de la
campagne me replongea dans ma premiere
mélancolie, & m'arracha des foupirs. Ma
mere me reçut comme un homme reffufci-
té, & la pauvre Fidele, qui avoit toujours
refté au logis depuis mon départ, fut enchantée de me revoir. Mon pere me fit un
accueil fort tendre ; mais au milieu des dé-
monftrations de la joie que lui caufoit mon
arrivée, il me fit des remontrances fur ce
que je m'étois livré à corps perdu aux mouvemens de ma paffion. Ce n'eft pas qu'il la
condamnât, il me dit feulement qu'avant
de laiffer prendre à l'amour un empire fi
violent fur mon cœur, j'aurois dû attendre
du moins que mon tems d'aprentiffage fut
achevé : il termina fon difcours par des avis
falutaires de modérer à l'avenir mes tranfports, & il me confeilla d'attendre patiemment que le Chevalier Walter, engagé par
les follicitations de fa fille, & par la vue de
mon avancement, reprît pour moi fa premiere eftime, & confentit à me faire fon
gendre ; ce qu'il ne défefpéroit pas de voir
arriver. La fin de fon difcours fit revivre
mes efpérances ; je me jettai fur fes mains,
que je baifai avec tranfport, & réfolus d'ob-

ferver autant que je pourrois les regles qu'il venoit de me prefcrire. Fidele confentit, de l'aveu de ma mere, à aller demeurer chez Madame Goodvill : elle partit avec une lettre de complimens de ma part, & une autre de remerciemens de mon pere ; je lui-fis prefent de quelque argent, & promis de ne jamais l'abandonner, jufqu'à ce que je puffe la remettre entre les mains de ma chere Louife. Il n'y avoit pas deux heures que j'étois parti, lorfqu'un homme avec la livrée de Sir Walter me remit une lettre que je reconnus à l'inftant pour être de l'écriture de ma chere Louife. Voyant qu'il n'y avoit point de réponfe à faire, je récompenfai généreufement le porteur de fa fidélité pour fa Maîtreffe, & lui demandai où étoit l'Ecuyer Rich. Il m'aprit qu'il étoit dans une Terre voifine de l'endroit où reftoit Miff Louife, & qu'il y demeuroit avec fon oncle, fans faire aucun progrès fur le cœur de fa coufine. Je fus fâché que la diftance des lieux ne me permît pas de châtier ce coquin ; c'étoit une chofe impoffible ; mais je me flattai de l'efpérance de pouvoir un jour trouver l'occafion favorable de fatisfaire mon jufte reffentiment. Jamais mortel ne fut fi tranfporté que moi à la lecture de cette charmante lettre ; je la baifai mille fois, & la portai fur mon cœur. Que de douceurs j'y trouvai à chaque ligne ! craintes tendres, fermens de m'aimer toujours, defirs ardens de nous rejoindre. Mon ame en fut attendrie au dernier point. En me

I 2

donnant des nouvelles de ſa ſanté, elle
m'aprenoit que ſon pere content de l'avoir
éloignée de moi, lui laiſſoit plus de liberté
qu'elle n'auroit oſé l'eſpérer ; qu'elle avoit
engagé un domeſtique à me porter ſa lettre, & me prioit de ne point y faire de ré-
ponſe, de crainte que, ſi la choſe venoit
à être découverte, elle n'en devint plus
malheureuſe. Elle tâchoit avec douceur de
me raſſurer contre toutes les craintes que
j'aurois pu concevoir ſur ſa fidélité & ſa
conſtance ; & préſumant que je ſerois bientôt obligé de retourner à Londres, elle me
conſeilloit d'y vivre tranquillement, juſqu'à
ce que quelque événement favorable pût
nous mettre à portée de ſuivre le mouvement de nos cœurs. La lecture de cette
charmante lettre porta dans mon ame un
calme & une ſatisfaction qui ne pouvoit
être égalée que par le plaiſir de voir ma
belle Louiſe elle-même ; mon pere, ma
mere & mon ami en furent enchantés. Le
tems que mon Maître avoit fixé pour notre
retour s'aprochoit : Monſieur Diaper qui
deſiroit de viſiter Miſſ Bellair, me fit reſ-
ſouvenir que nous avions promis d'y paſſer
une ſemaine : je ne pus rien refuſer à ce
digne ami. Avant que de partir, nous allâmes voir encore une fois Monſieur & Madame Goodvill, Monſieur Archer & Monſieur Sharpley, & prîmes congé de tous
nos amis, qui furent affligés de notre départ. Pour moi je viſitai cent fois tous les
lieux où j'avois eu le plaiſir de voir mon

adorable Louise, sans oublier la pauvre famille où elle m'avoit mené une fois avec
elle : je la trouvai dans une grande désola-
tion de la perte de cette bienfaitrice. Je
me crûs dans l'obligation de la remplacer
pour le present ; & ayant donné quelque
argent à la bonne femme pour supléer à
leurs besoins actuels , je lui promis de la
venir voir à mon retour de la campagne. La
tendresse de ma mere lui faisoit suporter
avec peine notre séparation : nous la con-
solâmes un peu , en lui faisant espérer que
nous reviendrions la voir dans quatre ou
cinq mois. Mon pere fut touché ; & pour
dire la vérité , nous nous étions si bien ac-
coutumés à la campagne que nous ne pen-
sions à notre départ qu'avec chagrin. Nos
adieux furent sensibles , & nous partîmes
avec mon pere , Monsieur Archer & Monsieur Sharpley , qui voulurent à toute force
nous accompagner l'espace de quelques
milles. Cette conduite ne servit qu'à nous
attendrir encore une fois , quand il fallut
nous quitter tout de bon.

Livrez à nous-mêmes , & n'étant occupez
que de nos amours , nous fimes un trajet
considérable sans prononcer une seule parole. Mais il y avoit bien de la différence
entre mes réflexions & celles qui occupoient mon ami. Son cœur n'étoit agité que
des desirs & de l'impatience de revoir Mademoiselle Bellair : pour moi je déplorois à
chaque pas la distance immense qui me séparoit de Miss Louise & je me represen-

tois tous les obſtacles que j'avois à vaincre
avant que de pouvoir me promettre le bonheur de la revoir. Occupés de ces différentes penſées, nous arrivâmes chez Monſieur
Bellair, qui nous reçut avec toute la joie
& les politeſſes poſſibles.

_____

CHAPITRE XXX.

Propoſition généreuſe de M. Bellair. M.
  Diaper entrevoit ſon bonheur prochain.
  Séparation tendre de ces deux amans.
  Ils partent pour Londres ; leur arrivée
  dans cette Ville, & y ſont très-bien reçus
  par M. & Madame Diaper.

Monſieur Bellair & ſa digne épouſe,
firent tout ce qu'ils purent pour nous
marquer le plaiſir que notre viſite leur cau-
ſoit. Miſſ Suckey, dont les charmes étoient
encore augmentés depuis que nous ne
l'avions vue, imagina mille petits amuſemens pour retenir plus long-tems ſon amant
auprès d'elle. Nos converſations rouloient
ſur les divers incidens de notre campagne,
& M. Diaper, ayant dit en badinant à Miſſ
Bellair, que depuis qu'elle ne m'avoit vu
j'étois devenu auſſi amoureux que lui, me
donna lieu de donner à mes amis une idée
du caractere de Miſſ Louiſe ; je leur fis le
détail de mes infortunes paſſées, & de mes
chagrins actuels. Tout ce que vous venez
de dire, s'écria M. Bellair, ne me perſuade

pas que vous ayez tant lieu de défefpérer
que vous le croyez. Il femble que votre plus
grande difficulté foit d'engager Sir Walter
de confentir à votre bonheur, & votre peu
de fortune vous fait regarder cet obftacle
comme infurmontable. Pour celui-là j'y
vois un bon remede, & je vous le donnerai avec bien du plaifir. J'ai dans la Province de Leicefter, un vieil oncle fur le bord
du tombeau, à la mort duquel il doit me
revenir plus de 1100 liv. fterling de rente.
Mon bien me fuffit déjà pour ma femme
& pour moi. Si je faifois paffer ce bien fur
votre tête pour quelque tems, voudriez-
vous vous engager de payer à votre ami,
dans douze ou quatorze ans, deux mille
livres fterling, comme un fuplément à la
fortune de ma fœur, & de remettre ce
bien à moi ou à mes héritiers, avec une
fomme raifonnable que vous payeriez auffi
à M. Diaper & à ma fœur ou à leurs enfans, après la mort de Sir Walter, pour la
jouiffance que vous auriez eue du revenu
de ce bien ? Qu'en dites-vous, Monfieur
Thompfon, ajouta-t-il ? Je vous aime affez
pour vous en mettre en poffeffion fi-tôt que
je l'aurai, & pour lors je m'imagine que
Sir Walter vous voyant cette augmentation
de mérite, fi recherché actuellement, prê-
teroit l'oreille à votre pourfuite.

Comme j'étois fûr que ce n'étoit point-
là une propofition en l'air, & qu'il l'auroit
exécuté, fi je le voulois, fi-tôt qu'il feroit
en fon pouvoir de le faire, je le remerciai

I 4

d'un ton moitié férieux & moitié plaifant ;
& je lui demandai, pour me déterminer,
tout le tems qui fe pafferoit jufqu'à la mort
de fon oncle.

Tout le tems que nous reftâmes chez M.
Bellair, nous nous occupâmes à la chaffe,
à la pêche & à de fréquentes parties de
plaifir. Ce Gentilhomme & fa femme firent
tout ce qu'ils purent pour chaffer cet air
fombre & mélancolique qui paroiffoit vifi-
blement fur mon vifage malgré tous mes
efforts pour le diffiper. A l'égard de M. Diaper, il étoit auffi content que peut l'être un
homme amoureux qui jouit de la préfence
de l'objet qu'il aime, & il fembloit que rien
ne pût aporter d'empêchement à fon mariage ; pour lequel il comptoit demander le
confentement de fon pere, fi-tôt qu'il feroit
de retour à Londres, où M. Bellair & fa
famille devoit auffi fe rendre dans un mois
au plus tard. Mifs Suckey étoit enchantée
de plus en plus de fon choix, & lorfqu'il
parla de la perte qu'avoit effuyée fon pere
& qui lui donnoit beaucoup de chagrin,
elle lui dit, qu'un peu plus ou moins de
fortune n'étoit pas capable de lui faire aucun tort dans fon cœur ; qu'elle étoit fûre
d'être heureufe avec lui, & que les richef-
fes n'avoient aucune part à l'amitié qu'elle
lui portoit. Ses fentimens s'accordoient,
en cela, avec ceux de fon frere & de fa
fœur, qui dirent plufieurs fois à mon ami,
que quand elle n'auroit que la moitié du
bien qu'elle poffédoit, il y en avoit fuffi-

ramment pour faire le bonheur de deux personnes.

Enfin, le tems de notre départ arriva.
Mon ami ne l'avoit senti aprocher qu'avec
peine; la nécessité de quitter sa maîtresse
lui donna beaucoup de chagrin. Elle en
étoit de son côté dans une inquiétude qu'elle
ne pouvoit cacher. J'ai toujours cru, depuis
ce tems-là, que la Providence permet que
nous ayons quelques pressentimens des malheurs qui doivent nous arriver. Pour moi
j'ai éprouvé souvent, à la veille de quelque
accident fâcheux, un certain abattement,
une langueur, une tristesse dont je ne pouvois me rendre raison ni pénétrer la cause.
Les aparences flatteuses d'une félicité qui
sembloit si proche, ne purent consoler ces
tendres amans de leur séparation actuelle,
ni les empêcher de soupirer malgré eux &
de répandre des larmes; présage trop assuré
de la tempête qui se préparoit & qui menaçoit de tomber sur leurs têtes.

La tristesse que M. Bellair & son épouse
eurent de notre départ, nous fit voir combien nous leur étions chers; & je ne pus
me défendre d'un certain regret inexprimable en prenant congé d'eux. Nous partîmes
enfin, & après un voyage qui n'eût rien
de particulier, nous arrivâmes à Londres
en bonne santé, après une absence de sept
mois & quelques jours, mais avec des
dispositions de cœur bien différentes de ce
qu'elles étoient en quittant Londres.

En arrivant au logis, les domestiques eurent peine à nous reconnoître, tant nous étions hâlés : le bon Prig, qui s'y trouva, jura que nous avions fait un voyage dans les mers du Sud, & que nous en avions rapofté le teint bazané des Indes Eſpagnoles. M. & Madame Diaper nous reçurent avec beaucoup d'amitié, & nous marquérent leur ſatisfaction de ce que nous nous étions rendus ponctuellement à leurs ordres. Nous allâmes faire nos viſites, & commençâmes à reprendre nos occupations, ce qui nous parut d'abord un peu extraordinaire après une interruption ſi longue.

CHAPITRE XXXI.

Thompſon devient mélancolique. Son maître eſſuie encore une grande perte. Chagrin de ſon ami, qui écrit à Miſſ Bellair. M. Diaper écrit à M. Thompſon l'état de ſon fils ; lettre de ſon pere qui augmente encore ſa maladie. M. Diaper fait banqueroute. Conduite de cet honnête-homme. Il donne à Thompſon ſon brevet & des inſtructions ſalutaires.

AUſſi-tôt notre arrivée, M. Diaper partit pour Briſtol, où il reſta près de quinze jours pour arranger les affaires de M. Traffic. Mais il les trouva dans un état ſi déplorable, que lui-même & le reſte des créanciers, furent obligés d'accepter cinq

fois pour livre de leurs créances. Cependant cet infortuné négociant leur ayant fait
voir clairement que son malheur ne venoit
d'aucun défaut de conduite de sa part, &
qu'il avoit été causé par des pertes inévitables dans le commerce, ils ne firent point
difficulté de le laisser travailler de nouveau ;
& mon maître lui laissa ses fonds entre les
mains, avec toute la générosité possible.

Depuis mon retour de la campagne,
j'étois continuellement occupé de ma chere
Louise ; je me représentois les obstacles
qui s'oposoient à mon bonheur. La distance immense qui nous séparoit, mes
justes sujets de craindre qu'à force de menaces & de sollicitations on ne la déter-
minât à m'abandonner, tout cela prenoit
si fort sur mon tempérament, que je
tombai dans une mélancolie noire & un
chagrin profond, qui répandit l'allarme dans
toute la maison. Tous les raisonnemens de
mon ami étoient en pures pertes : nos
occupations ni les amusemens que M.
Diaper nous permettoit de goûter, n'apor-
toient aucun soulagement à mon mal. Rien
ne pouvoit détourner mes pensées tristes
des objets qui m'occupoient sans cesse &
qui m'affectoient le cerveau. J'oubliai d'écrire à mes amis ; à peine même écrivois-je
à ma mere ; encore mes lettres étoient
remplies de questions au sujet de ma chere
Louise, auxquelles elle ne pouvoit pas
satisfaire ; je lui en faisois même de si
absurdes, que cette excellente mere, crais

gnant que je n'en perdisse la tête, ne cessoit
de me donner des avis salutaires, pour
modérer ce trouble si visible dont je n'é-
tois pas le maître. La vie me devint à
charge ; je m'étois persuadé qu'il étoit
impossible que je fusse jamais heureux ;
l'espérance avoit totalement abandonné
mon cœur, & le désespoir y exerçoit un
empire tyrannique. Des pleurs involon-
taires se faisoient passage malgré moi ; je
me renfermois quelquefois dans mon apartement des heures entieres, pour y rêver
à mes chagrins, & je tombois dans un
état de stupidité qui faisoit pitié. Ma
santé déclinoit de jour en jour ; j'étois
comme un squelette, M. & Madame Diaper en furent allarmés ; & la sensibilité avec laquelle mon cher ami parta-
geoit mes peines, l'avoit presque réduit
au même état que moi. Hélas ! cet aimable jeune homme devoit bientôt essuyer
aussi des chagrins violens. Nos affaires prirent, vers ce tems-là, un tour fâcheux,
qui me fit sortir de cette indifférence totale,
& lui rendirent mes consolations aussi néces-
saires que les siennes me l'avoient été.
De trois vaisseaux qui étoient frettés pour
le compte de M. Diaper, & dont nous
attendions l'arrivée de jour en jour avec
des retours très-riches ; deux furent pris
par des Corsaires de Salé, & emmenés
dans cette caverne de brigands qui les
confisquerent à leur profit. Cette perte fut
si considérable, qu'elle nous obligea sur le

champ d'arrêter nos paiemens ; le crédit de M. Diaper en souffrit beaucoup , & bientôt après il fut contraint de fermer son magasin. Il suporta ce coup en philosophe & en chrétien. Il ne pouvoit se reprocher , dans toute cette affaire , aucune faute qui pût faire tort à son caractere ; c'étoit un accident que toute la prévoyance du monde n'auroit pû empêcher. Les vaisseaux n'avoient pas été assurés. Ainsi, le mal étoit sans remede, & il fut forcé d'essuyer une perte totale , de près de cinq cens mille francs. Mon ami étoit inconsolable ; cet accident détruisoit toutes les espérances flatteuses qu'il avoit conçue d'un bonheur inaltérable dans la possession de sa chere Bellair. Son pere avoit consenti à ce mariage ; il l'avoit associé avec lui dans son commerce , & devoit partir dans un mois pour terminer cette grande affaire. Ce n'est pas que mon ami Diaper eût plus d'attachement qu'il ne faut pour les richesses : son ambition étoit uniquement de rendre sa femme heureuse & contente , & d'assurer un état riche & indépendant à leur postérité. Il n'est pas surprenant qu'il ait ressenti si vivement une perte qui détruisoit toutes ses idées & renversoit ses projets. De mon côté , je ne pouvois m'empêcher de songer que c'étoit un contretems bien fâcheux pour moi ; mon digne maître, aussi bien que son fils, m'avoient promis pareillement de me mettre en société avec eux ; je me voyois déchu de toutes

mes espérances , & plus éloigné que jamais de posséder un jour ma chere Louise. La fortune sembloit prendre à tâche de
rompre toutes mes mesures; je soutins ce
coup avec plus de fermeté que je ne m'en
serois cru capable , & je ne songeai qu'à
faire des efforts pour consoler mon ami.
Mais il se refusoit à tous les motifs qu'on
lui en aportoit ; & dans l'accablement où
il étoit , il écrivit son malheur à Miss Suckey
dans les termes que l'amour & le désespoir lui suggérerent. Je ne puis me résou-
dre à passer sous silence la réponse de cette
demoiselle , qui, quand tout autre motif étoit impuissant , lui rendit en quelque
sorte sa tranquillité & un peu de goût
pour la vie.

» Vos derniers malheurs , Monsieur ;
» m'ont attristé & attendri en même-tems ;
» ne croyez pas que ce soit à cause de la
» perte qui doit retomber aussi sur moi.
» Mon amour pour M. Diaper a des fon-
» demens plus nobles que l'espérance des
» richesses & des faveurs de la fortune.
» Votre mérite personnel & vos vertus ,
» sont les qualités qui vous ont acquis
» la possession de mon cœur ; aucun acci-
„ dent n'est capable de vous en priver.
„ Une petite portion de richesses suffit
» pour faire le bonheur de deux personnes
„ raisonnables ; & quand il seroit vrai
„ qu'il ne vous resteroit pas même de quoi
» subvenir aux besoins ordinaires de la

» vie , je n'en ferois pas moins heureufe
» & fatisfaite, tant que je fçaurai que les
» mêmes qualités embelliffent votre ame.
» Si cette raifon nous oblige à retarder
» notre mariage , foumettons-nous-y avec
» patience ; mais, foyez en convaincu ,
» rien n'eft capable de me faire changer :
» mon affection eft trop pure pour éprouver
» la moindre altération. Vous connoiffez ma
» fortune ; vous pouvez dès-à-prefent en
» difpofer, fi elle peut vous être utile, je
» vous l'offre très-fincerement de l'agré-
» ment de mon frere. Vous ferez mon
» adminiftrateur & le dépofitaire de mon
» bien ; & je ne vous demande autre
» chofe que d'en mettre en réferve une
» partie pour fournir à nos befoins , en
» cas que le malheur vous pourfuivît en-
» core, comme il a déjà fait. Mon cher,
» ayez autant de réfignation que moi aux
» décrets de la Providence, & fuportez
» fans murmure des pertes qui font à pre-
» fent fans remede , mais qui peuvent fe
» réparer avec le tems. Adieu ; foyez
» bien affuré que M. Diaper occupe
» toutes les penfées de fon affection-
» née ,   » Sufanne Bellair.

Fille généreufe & défintéreffée ! puiffent vos excellentes qualités être le modele de votre fexe , & fupléer aux défauts
de mille autres moins parfaites. Maudit
foit l'auteur qui répand le venin de fa
fatyre fur votre fexe. Puiffe celui qui atta-

que toutes les femmes sans distinction ;
ne jamais éprouver leurs faveurs inestima-
bles. Que la délicatesse & la générosité
naturelle de vos ames ne dissipent jamais
les idées noires & mélancoliqnes de son
cœur ; ô vous ! qui portez dans les ames
des plaisirs ineffables & une paix sans
nuages : venez bannir nos chagrins mortels.
Pour moi qui reconnois avec transport
votre fidélité & votre candeur, la justesse
naturelle de vos pensées, votre discerne-
ment exquis , & la félicité que vous ré-
pandez autour de vous, je benis le Créateur puissant qui vous a donné l'être &
dont les ouvrages ne pouvoient être par-
faits, s'il n'y avoit mis la derniere main
en vous formant. C'est alors que l'homme a
commencé véritablement à vivre : c'est alors
qu'il a senti un bonheur que rien ne peut sur-
passer que la possession du ciel même. C'est
votre sexe qui a rafiné la grossiéreté de sa
composition, en nous enseignant l'art de
perfectionner nos ames. Vous êtes la sour-
ce d'où naissent toutes les douceurs & les
agrémens de la vie. La douleur avec les con-
torsions & les cris qui l'accompagnent, dis-
paroît devant vous ; un sourire de votre part
les fait évanouir. Les inquiétudes funestes, la
tristesse dévorante, toute la foule des idées
mélancoliques fuyent votre presence.

Mon ami n'eût pas plutôt repris sa tranquillité, que, comme s'il eût été écrit que
nous aurions besoin alternativement de la
consolation l'un de l'autre ; je tomba
dans

dans l'accablement, & m'abandonnai avec
plus de violence que jamais aux accès
d'une tristesse profonde. J'en vins au point
de ne pouvoir souffrir le travail, ni suporter une conversation ordinaire. Mon maître,
plein de bonté, fit ce qu'il put pour me
tirer de cet état déplorable ; ses raisonnemens, ses efforts, furent inutiles : comme
il soupçonnoit en partie la cause de la si-
tion de mon esprit, par les avis qu'il
avoit eus en différens tems de ce qui se
passoit entre son fils & moi ; il crut ne
devoir pas différer plus long-tems à informer mon pere de mon état actuel, & de
son inquiétude sur les suites. Il lui écrivit
donc que s'il croyoit que l'air de mon
pays pût contribuer au rétablissement de
ma santé, il me permettroit d'aller passer
quelque tems dans le Comté d'York,
quoiqu'il eût bien besoin de moi à Londres. Je ne sçus tout ce complot que quand
un matin M. Diaper me remit une lettre
de chez moi qui étoit renfermée dans une autre, à son adresse. Je crains, me dit-il, en
me la donnant, que vous n'y trouviez
quelques nouvelles affligeantes ; mais ne
perdez pas de vûe qu'il faut recevoir avec
patience les maux que le Ciel envoie,
sans l'irriter encore en murmurant contre
ses décrets, ou en se livrant à un chagrin
sans bornes. Ce préambule me frappa ;
mais, ô Dieu ! quelle fut ma situation,
lorsqu'ayant ouvert cette lettre, j'y lus ce
qui suit.

II. Partie. K

Mon cher fils,

„ Quand je fonge à la fragilité & à l'in-
„ conftance des plaifirs , à l'incertitude de
„ la vie, aux peines que nous éprouvons à
„ toute heure , au peu de fuccès de nos
„ efpérances & à la briéveté de notre exif-
„ tance , que l'avidité & l'empreffement
„ avec lefquels nous courons après un bon-
„ heur imaginaire me paroiffent méprifa-
„ bles ? *L'homme né de la femme n'a que*
„ *très-peu de tems à vivre, & cet efpace,*
„ *tout court qu'il eft , eft rempli de mifere.*
„ C'eft un arrêt prononcé contre nous dès
„ l'inftant de notre naiffance , & nous en
„ fentons les fatals effets dans tout le cours
„ de notre vie ; nous devons donc nous ré-
„ figner à la volonté de cet Etre qui ordon-
„ ne de tout pour le mieux & dont les voies
„ font impénétrables. Marchons vers notre
„ deftination , & que les accidens qui nous
„ arrivent pendant la route , ne nous em-
„ pêchent pas de chercher un état plus
„ heureux qui nous attend certainement au
„ bout de la carriere. Songeons que nous
„ avons des devoirs à remplir , & qu'une
„ douleur exceffive nous en rend incapa-
„ bles. C'eft commettre le plus grand des
„ crimes que de vouloir fe fouftraire aux
„ decrets de la Providence : vous êtes jeu-
„ ne , & par conféquent en état de rendre
„ des fervices à vous & aux autres : Dieu
„ vous a donné un cœur droit & une ame

„ raisonnable ; faites un bon usage de ces
„ dons, en vous apliquant aux devoirs de
„ votre état. Je vous l'ordonne comme pe-
„ re ; je vous y exhorte comme Théolo-
„ gien ; je vous en conjure comme Chrétien ,
„ & je vous le recommande comme Phi-
„ losophe. Mais ô mon fils ! je ne puis
„ m'empêcher comme homme , de vous
„ avouer ma foiblesse. Je sens d'avance
„ toute la douleur que va vous causer la
„ triste nouvelle que j'ai à vous annoncer.
„ Votre pauvre Louise n'est plus ; une ma-
„ ladie fâcheuse nous en a privés il y a plus
„ de quinze jours , dans le Comté de Som-
„ merset : tout le pays pleure sa perte ;
„ votre mere en particulier en est inconso-
„ lable , & la crainte des suites que cette
„ nouvelle peut causer sur vous , l'afflige
„ beaucoup. Nous en avons reçu avis par
„ Sir Walter lui-même , qui ressent dans
„ cette occasion , toute la douleur dont un
„ bon pere peut être accablé. Il dit haute-
„ ment qu'il desireroit que certaines choses
„ ne fussent point arrivées, qui sans doute
„ ont occasionné la mort de sa digne fille ;
„ & je fais tous mes efforts pour le con-
„ soler. Rapellez-vous , mon fils , la pru-
„ dence & la conduite excellente de votre
„ aimable Louise ; pensez à la maniere dont
„ elle se fût comportée si on lui eût annon-
„ cé votre mort ; elle en eût été fort affli-
„ gée sans doute ; mais ses sentimens de
„ religion ne lui eussent pas permis de por-
„ ter ses regrets à un excès criminel. Re-

K 2

,, gardez-vous comme obligé de fuivre les
,, maximes qu'elle n'a pas manqué de vous
,, infpirer pendant fa vie , & tâchez de dé-
,, dommager le monde de fa perte , en imi-
,, tant fes vertus. M. Diaper eft auffi tou-
,, ché que moi de votre affliction ; confidé-
,, rez qu'il a plus befoin de vos fervices que
,, jamais ; votre reconnoiffance pour lui ,
,, votre amitié pour fon fils , votre obéif-
,, fance pour votre mere & pour moi , &
,, plus que tout cela , votre propre bien doi-
,, vent vous empêcher de vous livrer à des
,, chagrins inutiles , & étouffer vos mur-
,, mures contre la Providence. Sir Walter
,, a congédié fon neveu , & ce qu'il y a de
,, plus extraordinaire , il vous fait fes com-
,, plimens , & vous prie d'oublier fes in-
,, juftices. Je fuis toujours votre affectionné
,, & tendre pere ,

William Thompfon.

Le defefpoir des damnés , les regrets d'un
malheureux languiffant dans un cachot , les
fureurs d'un frénétique ne font qu'une foible efquiffe de ce que je fentis à la lecture
de cette lettre. Je fus faifi à l'inftant d'une
fievre violente accompagnée de délire , pendant lequel je ne ceffois d'apeller mon aimable & malheureufe Louife. A la vérité
la force de mon tempérament prit le deffus ; ma fanté s'eft rétablie par l'art des Mé-
decins & les foins exceffifs de la famille de
M. Diaper , qui parut plus affligé de mon
état que de fes propres malheurs ; mais mon

me abattue tomba dans un état de stupidité & d'infenfibilité. Je n'agiffois , pour
ainfi dire, que par refort. Pour furcroit de
malheur, mon cher maître preffé de tout
côté par fes créanciers , fut forcé de faire
une banqueroute dans laquelle fon fils fut
compris. Il n'eft pas poffible d'écrire avec
quelle force & quelle férénité d'ame cet
excellent homme fuporta un fi grand malheur ; on ne l'entendit point fe plaindre ,
& il conferva , au milieu du bouleverfe-
ment de fes affaires , un air qui furprit tous
ceux qui avoient connu toute l'étendue de
la fortune qu'il venoit de perdre. S'il fentit
quelque chagrin , ce fut à caufe de fon fils
que ce revers fâcheux mettoit dans la né-
ceffité de recommencer de nouveau à travailler ; & qui étoit accablé de ce coup. Le
malheur de cette famille au fort de laquelle
le mien étoit fi intimement lié , m'affligea
à tel point que je n'étois capable , ni de
leur donner ni d'en recevoir moi-même de
la confolation. Mon maître même en vint
à faire tous les efforts poffibles pour modérer les tranfports de ma douleur , & l'air
tendre dont il s'y prenoit , ne faifoit qu'augmenter mon trouble. Quand toutes les
procédures furent en état , les créanciers
reçurent les quatre cinquièmes de ce qui
leur étoit dû , & ils trouverent tant de juftice & d'équité dans les procédés de M.
Diaper & de régularité dans fes comptes ,
qu'ils lui propoferent de ne prendre que la
moitié de la fomme , s'il vouloit continuer

le commerce : mais comme il se trouvoit
déjà avancé en âge , il leur marqua tant de
répugnance à se replonger dans l'embarras
des affaires , qu'ils ne purent l'y déterminer ,
& ils firent , à mon ami , un présent de
300 guinées pour lui marquer leur estime.
M. Diaper jouissoit du chef de sa femme ,
d'un bien capable de lui faire passer heureusement le reste de ses jours dans une retraite loin du bruit & des embarras de la
vie inquiète qu'il avoit menée jusqu'alors ,
& dont il se sentoit entierement dégoûté.
Ce bien valoit près de 200 liv. sterlings de
rente , auxquels les créanciers n'avoient rien
à prétendre ; ils en étoient même si éloignés , qu'ils firent présent à Madame Diaper d'une grande partie de sa vaisselle d'argent & de plusieurs meubles de prix. Quand
mon maître se vit entierement débarrassé ,
il me fit venir un matin , & m'adressa ces
mots. » Vous voyez , mon cher Thompson ,
,, à quoi se sont terminés tous les soins
,, & les peines que je prenois unique-
,, ment pour laisser du bien à votre ami ;
,, vous connoissez les accidens qui ont dé-
,, truit tous mes projets de fortune ; il ne
,, me reste plus que ce qui m'est absolument
,, nécessaire pour vivre dans la retraite avec
,, ma famille. Une de mes plus grandes pei-
,, nes , cher ami , est de me voir hors d'état
,, de reconnoître , comme je l'aurois vou-
,, lu , votre mérite , votre fidélité , & l'af-
,, fection que vous avez toujours eue pour
,, moi & pour ma famille ; j'espére que

„ ciel vous en récompenfera amplement tôt
„ ou tard. Ici ce bon ami répandit des lar-
„ mes auxquelles je mêlai les miennes. A
„ peine pus je lui dire : vous avez trop de
„ bonté, Monfieur, je ne mérite point que
„ vous vous attendriffiez ainfi fur mon fort ;
„ votre infortune m'afflige trop, je ne pour-
„ rai jamais la fuporter. Ne dites point cela,
„ mon fils, je vous prie, repliqua-t-il ;
„ après quelques momens de filence, il
„ reprit ainfi. Je defirois ardemment, com-
„ me vous fçavez, de vous lier intimement
„ avec ma famille, en vous affociant dans
„ dans le commerce que j'aurois quitté alors
„ pour le laiffer à vous & à mon fils qui
„ vous aime plus qu'un frere ; mais vous le
„ voyez, la Providence en a difpofé autre-
„ ment, il faut nous foumettre à fes dé-
„ crets. Je me fuis aperçu que mon fils n'a
„ point d'inclination pour fon état, & je
„ travaille à le faire aller aux Indes Orien-
„ tales, en qualité de Supercargo pour la
„ Compagnie : c'eft un pofte dans lequel
„ il compte pouvoir trouver les occafions
„ d'acquérir une fortune capable de le rendre
„ heureux avec la jeune Dame que vous
„ connoiffez. Pour moi je tâcherai toujours
„ de vous rendre tous les fervices qui dé-
„ pendront de moi ; la décadence de mes
„ affaires n'a diminué en rien, grace à Dieu,
„ des protections que je m'étois faites. Je
„ fens bien qu'avant de vous déterminer au
„ choix d'un état, vous devez confulter la
„ la volonté de votre bon pere. Difpofez

„de ma maison de campagne, comme de
„la vôtre, jusqu'à ce que vous receviez
„de ses nouvelles. Voilà vos Lettres d'a-
„prentissage ; je vous dégage du peu de
„tems qui vous restoit encore à faire pour
„achever vos sept années. Je suis trop con-
„tent de votre conduite pour vous mettre
„dans le cas d'aller demeurer chez un au-
„tre. Je souhaite que votre esprit reprenne
„sa premiere tranquillité ; je vous conseille,
„sur-tout, d'avoir grande attention sur vo-
„tre conduite : si vous entrez dans les af-
„faires, comme je le supose, vous verrez
„qu'un bon caractere est le plus grand
„bien, & celui qui vous servira le plus
„dans tout le cours de votre vie ; vous êtes
„maintenant votre maître, & j'espére qu'à
„l'avenir vous me ferez honneur, vous
„serez la consolation de vos parens, &
„que vous chercherez à vous rendre utile
„à tout le genre humain. » J'avois le cœur
si plein que je ne pus lui répondre. Je saisis
sa main que j'arrosai de mes larmes. Je n'a-
vois point encore entendu dire que mon
ami dût aller en mer ; l'idée de sa perte fut
pour moi un surcroît de chagrin que je ne
pouvois digérer. Madame Diaper & son
fils, entrerent aussi-tôt après, & me firent
compliment sur mon entiere liberté. Je les
assurai que cet état ne pouvoit différer en
rien de celui dont j'avois joui par leurs bontés, depuis l'instant que j'étois entré chez
eux. M. Diaper nous fit un régal à cette
occasion, & nous passâmes ensemble la
soirée

foirée auffi agréablement qu'il étoit poffible
dans de pareilles circonftances.

CHAPITRE XXXII.

M. Diaper fait part de fes deffeins à Thomp-
pfon. Il prend congé de Miff Bellair. Il
eft accompagné jufqu'à Gravefand par
Thompfon & Prig. Leurs tendres adieux.
Il s'embarque pour la Chine. Thompfon
rencontre à Blackwall une ancienne con-
noiffance. Son hiftoire & fa mort. Il fau-
ve la vie à une femme qui fe noyoit. Qui
étoit cette femme. Suite de fon hiftoire.

SI-tôt que nous fûmes feuls, mon ami
& moi, je me plaignis à lui du deffein
qu'il avoit formé de me laiffer feul pour
aller s'expofer aux dangers évidens des mers
& des tempêtes, & à l'intempérie des cli-
mats éloignés; il me dit qu'il avoit réfolu
de ne m'en parler, que quand il feroit fûr
du tems de fon départ, afin de ne point
m'allarmer d'avance; qu'il avoit eu bien
des combats à foutenir en lui-même avant
de former cette réfolution; mais que c'étoit
le moyen le plus court pour réparer fes pertes, & hâter le bonheur dont il devoit
jouir avec fa charmante Bellair. Je lui répondis, que pour y parvenir, je ne penfois
pas qu'il fût néceffaire qu'il eût une fortune
à lui offrir; qu'affurément Miff Suckey
feroit tout pour lui; que d'ailleurs, mon

II. Partie. L

pere ayant deſſein de m'établir avec cinq ou ſix mille livres ſterlings de fonds, nous pourrions nous aſſocier enſemble, & qu'au moyen des pratiques de ſon pere, & de beaucoup d'aſſiduité de notre part, nous nous verrions bientôt dans un état aſſez opulent. Il m'embraſſa pour me remercier de cette offre; en même tems, il me dit de ne point combattre ſa réſolution; que la ſeule choſe qui lui fît peine en partant, étoit de ſe ſéparer de l'objet de ſes deſirs, d'un ami ſi cher & de parens ſi tendres; enſuite reprenant un air de vivacité que je ne lui avois point vu depuis long-tems, il s'écria: allons, mon cher, je vous prédis que nous jouirons un jour tous les deux d'un bonheur complet, pourvu que vous puiſſiez oublier le coup fatal qui vous attriſte, & j'eſpere que vous en viendrez à bout, avant que j'aie le plaiſir de vous revoir. Je fus obligé à la fin, quoiqu'avec regret, d'aprouver ſes réſolutions, & nous allâmes enſemble chez Miſſ Bellair dont il vouloit prendre congé. Il y avoit déjà quelques jours qu'elle étoit arrivée à Londres avec ſon frere & ſa famille; il les avoit déjà vus, & les avoit fait conſentir à ſon départ. Il devoit s'embarquer dans deux jours, & aller le lendemain prendre congé des Directeurs qui lui avoient donné un bon poſte à Canton dans la Chine. Leurs adieux furent très-tendres, & nous arracherent des larmes à tous. Après s'être promis une conſtance éternelle, ils ſe ſéparerent: mais auparavant ils

se joignirent à M. Bellair & son épouse,
pour exiger de moi que je les visitasse aussi
souvent que je pourrois : je le leur promis
avec plaisir. Sa séparation d'avec M. &
Madame Diaper ne fut pas moins touchan-
te, & il partit le lendemain au soir avec
Prig & moi qui étions résolus de ne le quitter que quand nous verrions son vaisseau à
la voile. Nous arrivâmes à Gravesand sur
les dix heures du soir, & nous trouvâmes
dans la même auberge, les autres Supercargo ses confreres, qui dévoient monter
le même vaisseau. C'étoit un bâtiment de
32 canons & 150 hommes d'équipage,
commandé par le Capitaine Friendly. Nous
y passâmes deux jours fort agréablement,
à l'exception de la tristesse que causoit à
mon ami la langueur continuelle de mon
ame. Il exhorta Prig à me quitter rarement
& à tâcher de dissiper ma mélancolie ; &
lui dit, qu'à son retour, il lui demanderoit
compte de ma santé. En effet, Prig s'étoit
conduit, depuis notre arrivée d'York, avec
tant d'amitié & d'égards pour nous, &
nous l'avions trouvé si changé de caractere,
que nous avions conçu pour lui une haute
estime. La part qu'il avoit pris au dernier
malheur de M. Diaper, qui lui avoit rendu
beaucoup de services, avoit encore augmenté l'idée que nous avions conçue de
son bon cœur. Tout étant prêt pour mettre
à la voile, & le vent se trouvant favorable, il fallut nous séparer. Ce moment fut
cruel pour tous les deux : nous ne pûmes

pas le suporter avec la fermeté que nous nous étions promise. Tous les spectateurs qui étoient des Marins, gens grossiers, incapables de connoître les sentimens délicats qu'inspire une amitié aussi vive que la nôtre, furent tous surpris de la peine que nous eûmes à nous quitter ; nous suivîmes des yeux le vaisseau, jusqu'à ce que l'éloignement le fit entierement disparoître. Je priai Dieu, mille fois, de le ramener en santé & heureux, & de le rendre bientôt aux embrassemens de ses amis, & à son pays natal. Le lendemain nous retournâmes à Londres par eau, dans un bateau que nous louâmes pour cet effet. En passant par Blackwall, nous eûmes la curiosité d'entrer dans un bâtiment, où l'on embarquoit des Criminels de trois ou quatre alléges couvertes, pour les transporter aux Colonies de l'Amérique. Comme nous étions occupés à regarder ces malheureux, nous aperçûmes une femme pâle & livide, couverte de haillons ; elle avoit la mort sur les lévres ; plusieurs matelots la soutenoient, & je vis les traits d'un visage qui ne m'étoit pas inconnu. Bientôt je me rapellai que c'étoit la perfide Nanny, qui m'avoit si bien trompé d'intelligence avec Packer. Elle avoit été la cause de mes premiers malheurs. Néanmoins son état me fit peine, & elle n'eut pas plutôt jetté les yeux sur moi, qu'elle s'évanouit. Quand elle fut revenue à elle, je voulus sortir, elle m'apella d'une voix foible & demanda à me parler. Je m'apro-

chai. Cette pauvre fille se jetta à genoux
& me demanda pardon du tort qu'elle m'a-
voit fait. J'allois lui répondre, lorsqu'un des
Officiers m'offrit sa chambre en cas que
cette jeune fille eût quelque chose à me
dire. J'y consentis ; elle nous y suivit du
mieux qu'elle put, & m'adressant la parole :
M. me dit-elle, comment oserai-je vous
regarder après tout ce que vous sçavez de
moi ? Vous ne m'eûtes pas plutôt abandonnée, que le malheureux qui m'avoit débauchée le premier, me quitta, & me laissa
dans la misere. Cette misere me contraignit
de chercher ma subsistance dans le plus horrible des métiers. Je me retirai à *Covent
Gardent*, dans une maison suspecte, où il
m'avoit souvent menée, & m'avoit voulu
persuader de prendre un logement. J'y fus
long-tems exposée au caprice de tous les
libertins, jusqu'à ce qu'enfin une maladie
horrible, fruit ordinaire de la débauche,
me ruina entierement le tempérament &
me laissa dans l'état le plus déplorable. L'ex-
trème besoin où je me trouvois, m'engagea un jour à dérober un Gentilhomme qui
passoit par le *Strand*. Je fus prise sur le fait ;
on me fit mon procès, & j'ai été condam-
née à passer dans les Colonies. C'est-là que
vous voyez qu'on me mene avec tous ces
autres malheureux. Je me sens maintenant
si mal, que même en vous parlant j'ai peine
à me soutenir ; & j'espere que bientôt la
mort me délivrera de tous mes maux. Je
crois m'être réconciliée avec le Ciel, & je

L 3

mourrai satisfaite., si vous me pardonnez.
A ces mots., elle pleura amérement : je
l'affurai que je lui pardonnois de bon cœur,
que j'efpérois que le Ciel auroit égard à
fon repentir , & que c'étoit le moyen d'expier fes crimes. Mon action lui caufa beaucoup de joie , & tandis qu'on préparoit
quelques rafraîchiffemens que j'avois ordon-
nés pour elle , je lui demandai fi fon pere
& fa mere étoient encore vivans ; elle m'a-
prit qu'ils étoient morts tous les deux , &
que fans doute fa mauvaife conduite n'y
avoit pas peu contribué. Ce fouvenir lui
arracha un foupir qui me parut fortir du
fond de fon cœur. Nous lui donnâmes tous
les deux quelque argent , & lui fouhaitâmes
affez de vie pour pouvoir expier fes fautes
& fe voir encore une fois heureufe. Mais
à peine avions-nous fini , qu'il lui prit une
foibleffe. Elle tomba ; & lorfque nous vou-
lûmes la relever , cette malheureufe venoit
d'expirer.

Une mort fi fubite nous étonna beaucoup ; nous ne pûmes nous empêcher de
réfléchir fur cet accident, & de le regarder comme un exemple frapant de la Providence , qui fembloit m'avoir conduit
fur le vaiffeau pour donner quelque confo-
folation , & remettre la paix dans l'ame
de cette infortunée , à l'inftant même
qu'elle alloit être féparée de fon corps.

Nous defcendîmes dans notre chaloupe ,
& nous avions à peine fait un demi-mille,
qu'une autre chaloupe en paffant devant

nous, rencontra la hanfiere d'un vaiffeau, qui la fit renverfer, avant même que nous euffions le tems d'y jetter les yeux pour voir s'il y avoit quelques paffagers : nous ordonnâmes à notre Batelier de s'arrêter, afin de pouvoir fecourir les gens de cette barque, en cas qu'il y en eût quelques-uns en danger. Nous aperçumes alors une femme dont la tête parut au deffus de l'eau à quelque diftance : en même tems le Batelier nous aperçut, & commença à nager de notre côté. Nous le prîmes dans notre chaloupe, mais la femme que nous avions vue, alla encore une fois à fond, avant que le fecours pût arriver ; car il ne fe trouvoit point d'autre bateau que le nôtre, lorfque cet accident arriva. Nous attendîmes qu'elle reparût une feconde fois fur l'eau; en effet nous la vîmes en un inftant au côté de notre chaloupe ; je la faifis par le bras, & lui foutint la tête au-deffus de l'eau, tandis que Prig & notre Batelier vinrent m'aider à la tirer tout-à-fait dans la chaloupe. C'étoit heureufement la feule perfonne qu'il y eût à fecourir. Nous fîmes donc notre poffible pour la rapeller à la vie. Nous lui mîmes la tête en bas, & lui fîmes jetter une quantité prodigieufe d'eau qu'elle avoit avalée ; Monfieur Prig lui ayant ouvert adroitement la veine avec un canif, elle reprit fes fens. Nous nous fîmes mettre à bord fur la côte de Surrey; & fortant du bateau, nous portâmes cette femme, à l'aide de deux Matelots, dans une auberge, où nous la fîmes coucher, résolus d'attendre qu'elle fut entierement revenue de sa foiblesse, & de la remettre chez elle, d'autant plus qu'à son habillement il y avoit lieu de croire que ce n'étoit point une femme du commun. Vers le midi elle se leva, descendit où nous étions, & nous fit mille remerciemens de lui avoir sauvé la vie. A l'instant qu'elle nous parla, je crus au son de sa voix, & à sa maniere de s'exprimer, qu'elle ne m'étoit pas inconnue : lorsque je l'eus regardée attentivement, nous fûmes également surpris, moi de reconnoître en elle cette Courtisanne que j'avois vue à Vauxhall, & elle de trouver en moi le bienfaiteur qu'il l'avoit délivrée long-tems auparavant des mains de la populace. Le changement que son état avoit fait sur son visage, quand elle étoit dans la chaloupe, m'avoit empêché de la reconnoître. Je m'écriai alors : Quoi ! Mademoiselle Tripsey m'a encore une fois obligation. En vérité, ajoutai-je, mon ami Prig, voilà deux aventures qui passeroient pour romanesques, si on prenoit la peine de les écrire. Madame, dis-je à cette femme, je suis ravi de vous voir sur un si bon pied : je pense que vous devez avoir changé de vie. Elle fut si étonnée de ce discours, qu'elle resta quelques minutes sans me répondre ; mais enfin elle reprit courage, & nous parla ainsi.

Suite de l'Histoire de Mademoiselle Tripsey.

Le Ciel vous avoit destiné à être mon bienfaiteur, malgré les mauvais traitemens que je vous ai occasionnés. Vous m'avez sauvé en même-tems l'ame & le corps : car ce sont vos bontés plus que toute autre chose, qui m'ont déterminée à quitter le genre de vie que je menois ; & maintenant j'allois être noyée sans vous. Plût à Dieu, M. qu'il fût en mon pouvoir de reconnoître ces obligations comme je voudrois ; mais la générosité de votre cœur m'est connue ; je sçais que vous ne serez pas fâché d'apprendre comment une malheureuse abandonnée au crime, a passé par votre moyen de la misere la plus grande, à un état heureux.

On ne peut être dans une situation plus cruelle que la mienne, lorsque vous me vîtes si maltraitée entre les mains d'une populace barbare. Vous m'avez délivrée généreusement ; & vos exhortations jointes aux résolutions que j'ai faites depuis, ont beaucoup contribué à me faire changer de vie. Je me cachai tout le jour dans les endroits de la campagne les moins fréquentés, & à force de marcher mes habits se sécherent sur mon dos. Je méditois en même-tems comment je pourrois à l'avenir trouver ma subsistance, sans recommencer le métier indigne que j'avois fait jusqu'alors, & sans me retrouver dans la compa-

gnie de ceux qui avoient caufé ma ruine.
J'étois née de parens honnêtes qui étoient
morts quelques années avant que je don-
naffe dans la débauche ; ils n'avoient laiffé
que deux enfans, moi & mon frere, riche
Fermier dans le Comté de *Midlefex* ; mais
il avoit marqué tant d'averfion pour moi
depuis que j'avois donné dans le travers,
que je ne crus pas devoir l'aller trouver
ni me mettre fous fa protection. Je mar-
chois ainfi en rêvant du côté de Londres.
La lenteur de ma marche, mon défaut
d'attention fur ce qui fe paffoit dans le chemin, me firent fans doute regarder comme une de ces femmes dont j'avois fait le
métier. Un homme qui paffoit à cheval,
m'apella d'un ton familier, & me demanda
comment je me portois, & fi j'étois d'humeur de lui accorder certaines faveurs.
En levant les yeux vers lui, je reconnus
cet homme pour le même frere à qui je
penfois un inftant auparavant ; mais j'é-
tois bien certaine que les grands changemens qui s'étoient faits en moi depuis que
je ne l'avois vu, l'empêchoient de me
reconnoître. Cette rencontre me parut
un coup de la Providence ; je refolus de
fuivre cette aventure, & de voir jufqu'où elle pourroit aller avant qu'il me
reconnût. C'eft pourquoi je traverfai
la route à quelques diftances de lui d'un
air tout-à-fait évaporé. Il defcendit de
cheval, & me tirant par le bras, il alloit
fans doute tenter de fe fatisfaire s'il n'étoit
paffé du monde dans le même tems. Pour

lors je lui criai : Mon frere, concevez-vous
l'énormité du crime que vous voulez commettre. Ces mots & le son de ma voix,
le frapperent tout d'un coup, & il fut quelque tems sans revenir de sa surprise. Je me
jettai à ses genoux, lui avouai le malheur
de ma situation, & les résolutions que j'a-
vois formé, je le priai en grace de me
croire & de me mettre à couvert du vice
& de la pauvreté.

Mon frere s'attendrit enfin, & m'ayant
relevée, il me conduisit dans une auberge,
à quelque distance, où il me traita avec
cette affection, qui, quoiqu'étouffée pour
quelque tems par de petits accidens qui
arrivent dans la vie, doit toujours renaître
tôt ou tard dans le cœur des parens aussi
proches que nous l'étions. Il m'acheta un
cheval pour me ramener avec lui. J'appris
qu'il avoit perdu sa femme depuis un an,
& qu'il étoit resté veuf avec deux enfans,
dont il me confia le soin & celui de sa
maison. J'y ai toujours vécu depuis avec
la plus grande satisfaction, & j'espere que
Dieu aura égard à mon repentir, & me
pardonnera mes crimes. J'allois à *Green-
wich* quand ce dernier accident m'est arrivé. Vous m'en avez encore délivré généreusement. Il étoit écrit que je devois vous
avoir des obligations éternelles.

Cette petite histoire nous fit plaisir ; nous
la caressâmes beaucoup, & l'encourageâ-
mes à continuer de vivre dans la vertu ;
après le dîner, nous la mîmes dans une

autre chaloupe dans laquelle elle continua
ſon voyage ; enſuite nous prîmes le chemin
de Londres, en réflechiſſant ſur les aventures ſingulieres que nous avions rencon-
trées.

CHAPITRE XXXIII.

M. Diaper ſe retire à la campagne avec ſa
famille. Thompſon revient à Londres &
y prend un logement. Il va ſouvent chez
M. Bellair. Maniere dont il y emploie le
tems. Il aprend des nouvelles de ſon ami
Archer. Les femmes lui deviennent odieu-
ſes. Il viſite avec M. Deacon une ſociété
nouvelle dans les Fauxbourgs. Deſcrip-
tion des gens qu'il y voit, & leur con-
verſation. Il reçoit une lettre de ſon ami
Diaper, datée de Lisbonne.

SI-tôt que je fus arrivé à Londres, M.
Diaper ayant arrangé ſes affaires, en
partit pour ſa maiſon de campagne où il ſe
propoſoit de paſſer le reſte de ſes jours. Je
ne pus me diſpenſer de l'y accompagner ;
j'écrivis de-là à mon pere pour l'informer
de ma ſituation preſente, & lui demander
conſeil ſur le parti que j'avois à prendre. Je
lui fis entrevoir que je deſirerois embraſſer
un autre état ; & que s'il y conſentoit je ſerois bien-aiſe de ſuivre l'exemple de mon
ami, & de paſſer deux trois années ſur mer,
perſuadé qu'un pareil voyage contribueroit

à effacer cette morne tristesse dont j'étois accablé. La solitude profonde que je goûtois dans cette retraite, flatta dans les commencemens la disposition naturelle de mon tempérament ; j'y étois continuellement occupé de l'idée de ma chere Louise, & de mon ami, dont la presence m'auroit consolée ; cependant il eût été dangereux pour moi d'y rester plus long-tems, & il y avoit lieu de craindre que je n'y prisse un dégoût total pour la vie : je pris donc congé de mon digne maître & de son épouse, qui me firent promettre en partant, d'aller les voir toutes les semaines ou au plutard tous les quinze jours pour les consoler de la perte de leur fils. Arrivé à Londres, je pris un apartement dans le quartier de Holborn, dans la rue du Lion rouge, jusqu'à ce que je pusse me loger mieux. Je ne passois pas un jour sans aller voir M. Bellair. C'étoit mon unique consolation, & je fus fort édifié de toute cette aimable famille. Miss Suckey vivoit fort retirée, & ne vouloit voir d'autre compagnie que moi ; nous nous entretenions toujours de son cher Diaper. Ces amis sinceres prenoient tant de part à la mort de ma chere Louise, que leur société diminua en quelque façon mes chagrins : quelques semaines après, je fus encore privé de cette consolation ; car ils partirent pour la campagne où ils auroient bien voulu que leur tinsse compagnie. Mon unique ressource fut alors dans la société de Prig & de M. Deacon qui entroient dans toutes mes peines, & en agissoient avec moi le

plus honnêtement du monde. J'allois voir
M. & Madame Diaper une fois par semai-
ne ; je m'y amusois quelquefois à écrire à
mon ami, à M. Goodvill & son épouse,
& à la pauvre Fidele : tous étoient fort
chagrins de ma perte ; mais Fidele en étoit
inconsolable, & elle avoit pris tellement à
cœur la mort de sa maîtresse, que l'on craignoit qu'elle ne tombât en consomption. Je
lui promis par lettres d'avoir soin d'elle à
l'avenir, & je priai M. Goodvill de lui fournir tout l'argent dont elle auroit besoin. Elle
alloit souvent voir ma mere avec qui Madame Goodvill avoit aussi fait connoissance.
Je reçus vers ce tems-là une lettre de Archer, qui m'aprenoit qu'il négocioit pour
son compte, & que ses affaires étoient sur
un bon pied. Quant au pauvre Sharpley,
je n'en avois reçu depuis long-tems aucu-
nes nouvelles, & ne sçavois dans quelle
partie du monde il étoit. Mon pere m'écrivit de rester où j'étois, & de tâcher
de m'y amuser jusqu'au voyage qu'il espéroit faire dans trois mois à Londres, &
qu'alors nous raisonnerions de mon établissement. Dans les momens de loisir que me
laissoient mes affaires, je tâchai de m'instruire dans différentes sciences, dont
n'avois eu jusqu'alors aucune idée ; & sans
autre dessein que de m'amuser, je m'adonnai à l'étude de la navigation, qui me
procura beaucoup de plaisir. Cependant
l'image de ma chere Louise étoit toujours
presente à mon esprit ; l'idée de sa perte
me jettoit de tems en tems dans l'abbatte-

ment le plus cruel ; & j'apellois la mort à mon secours. Je trouvois tant de dangers à rester seul, que j'engageai mon ami Prig à venir me voir toutes le fois qu'il en auroit envie, & je me fis violence pour partager toutes les parties de plaisir qu'il me proposoit ; mais j'avois conçu une aversion totale pour la société des femmes ; je me faisois un point de délicatesse de ne prendre aucun goût pour ce sexe, depuis la mort de ma chere Louise ; & je suivis si constamment cette résolution, que j'en devins brusque & grossier au point de sortir dès qu'il entroit une femme. M. Deacon, quoique d'ailleurs fort aimable homme, avoit un foible favori ; il aimoit à boire, & se rendoit tous les soirs dans une Société où il m'avoit souvent pressé de l'accompagner, me protestant que j'y trouverois bonne compagnie. Je me laissai gagner enfin, & j'allai un soir avec lui dans une de ces assemblées, qui me prouva si bien la folie & l'absurdité qu'il y a de passer son tems dans une compagnie si mêlée, que je ne puis m'empêcher d'en donner la description, persuadé que beaucoup d'autres sociétés de cette ville sont de tous points semblables à celle où je me trouvai alors. Nous fumes salués en entrant par trois ou quatre personnes, à qui M. Deacon me presenta : il leur fit ses excuses d'avoir violé les loix de la société, en y introduisant un étranger sans permission. Nous nous assîmes, & il régna pendant

près de vingt minutes un silence profond. M.
Shuttle tisserand, fut le premier qui le rom-
pit ; il s'écria que depuis quinze jours on
n'avoit pas eu une si belle journée, &
qu'il en étoit d'autant plus charmé, qu'il
devoit se trouver le lendemain à Barnet
pour la fête de la Paroisse. M. Burnish
vitrier, repliqua qu'il y avoit été invité
aussi ; mais que M. Tunbelly, marguillier
de la Paroisse, n'avoit jamais eu la complai-
sance de donner à ses repas une oïe, quoiqu'il sçut qu'il les aimoit beaucoup ; qu'il ne
pouvoit pas croire que cet homme eût aucun lieu de lui en vouloir, & qu'ainsi
il regardoit ce défaut d'attention comme une injure. M. Shuttle nous fit alors
un long recit d'un dîner qu'il avoit fait
la veille chez le juge Mittimus ; il en
exalta sur-tout, certains poulets aux asper-
ges, & finit par nous dire que ce juge ne
faisoit jamais rien sans son avis. Aussi-tôt
les portes s'ouvrirent, & nous vîmes entrer le juge lui-même. Toute la compagnie
se leva & lui fit une révérence profonde.
C'étoit un assez grand homme, d'un certain âge, dont l'aspect étoit majestueux &
grave. Il salua chacun par son nom ; mais
m'ayant apperçu, il étoit prêt à se retirer
tout en colere, si M. Deacon ne l'eût
appaisé, en l'assurant que j'étois son ami. Oh
bien, M. comment vous portez-vous,
me dit-il, & s'asseyant aussi-tôt, il tira
d'une de ses poches une cuisse de canard,
& de l'autre un morceau de pain & de
fromage,

fromage, dont il offrit à toute la Compagnie. Après quelques complimens de M. Shuttle, sur la bonté de ce canard, il fit une digression sur la cherté des denrées, sur le prix du bœuf, & sur l'insolence des bouchers du marché de Newgate. Ensuite arriva M. Snap, clerc du juge qui lui aportoit un papier à signer. Le juge mit ses lunettes, & malgré cela auroit signé de travers, si son clerc ne lui eût dirigé la main. Vous sçavez, sans doute, ce que c'est, M. Snap, dit le juge? Oui, M. repliqua le clerc; c'est pour une batterie. Oh bien, si cela est, envoyez-les à Bridewell. Oui, M. dit le clerc, qui avoit peine à s'empêcher de rire, j'en ai expédié l'ordre. Quand le clerc fut sorti, & le souper fini, le juge prit des pipes & en remplit une, après avoir fait sentir son tabac à toute la compagnie, & protesté que c'étoit le meilleur qu'il y eût dans toute la chrétienté, il remplit un verre & but à la santé du Roi. Il se fit encore un silence jusqu'à ce que chacun lui eût fait raison. Pour lors le Capitaine Swagger, Officier de mer, fit tomber la conversation sur la politique, & dit en jurant qu'il étoit honteux pour l'Angleterre de rester en paix puisqu'elle gagnoit tant à faire la guerre; qu'il ne doutoit pas qu'en peu de tems nous ne nous rendissions maître de la France, de l'Espagne, & des Indes, si nous voulions mettre notre marine sur le même pied qu'elle étoit du tems d'Edouard III. Le juge de paix remarqua que le Capitaine

II. Partie. M

s'étoit mépris sans doute, & que dans ce
tems, il n'y avoit pas un seul vaisseau de
guerre. Le Capitaine jura qu'il y en avoit,
& qu'on les appelloit les cinq ports, parce
qu'ils étoient au nombre de cinq. M. Shuttle
observa qu'il n'étoit pas possible de con-
quérir la France qui étoit beaucoup plus
grosse que l'Angleterre ; le juge s'inscrivit
en faux, & dit que l'Angleterre étoit assurément plus grande ; & s'adressant à moi
pour décider la question : M. dit-il, il me
paroît que vous avez voyagé, vous pourrez
nous en dire des nouvelles certaines. Ap-
préhendant de choquer l'un ou l'autre, je
me contentai de lui répondre que ce qu'on
appelloit l'Isle de France , dans laquelle
Paris est situé , est assurément bien plus
petit que l'Angleterre. Le juge triompha
avec hauteur , & dit à M. Shuttle qu'il
étoit bien difficile qu'il se trompât, puisqu'il avoit une carte de France dans sa salle , & que sa femme avoit un oncle cui-
sinier du Duc d'Orléans. La conversation devint tumultueuse, ils parlerent tous
à la fois de leurs femmes, de leurs enfans ,
de leurs différentes professions ; & furent
interrompus par Bonnet perruquier , qui en-
tonna une chanson sotisiere , à laquelle M.
Shuttle aplaudit , en criant, *Bis* : bientôt le juge s'endormit, Shuttle s'enyvra ,
& insulta le Capitaine ; le Capitaine le
frappa ; les tables furent renversées ; nous
crumes qu'il étoit tems de payer notre écot ,
& de sortir. M. Deacon m'assura , en nous

en retournant , que si je n'eusse pas été étranger, j'aurois entendu une excellente conversation, & qu'il ne doutoit pas que je ne fusse bien dédommagé la premiere fois.

De retour chez moi, je fis beaucoup de réflexions sur ce qu'on apelle conversation dans le monde ; & je conclus que bien loin d'être ce que l'idée de ce terme signifie , c'en est plutôt le contraire. En effet , quoiqu'il s'assemble tous les soirs dans Londres plus de vingt mille personnes, pour converser ensemble, je crois qu'on peut gager à coup sûr qu'il y en a à peine cent qui goûtent le plaisir d'une société douce, ou qui sçachent seulement ce que c'est que conversation.

Six semaines après le départ de mon ami, j'allai rendre visite à M. Diaper ; il venoit de recevoir une lettre de son fils par la voie de Lisbonne , où ils avoient été obligés de relâcher pour y prendre le radoub, parce qu'ils avoient essuyé dans la baie de Biscaye une tempête, qui avoit beaucoup endommagé le vaisseau. Il y avoit dans le même paquet une lettre pour moi, une pour M. Bellair , & une autre pour Miss Suckey. M. Diaper me chargea de remettre ces deux lettres : voici ce que contenoit la mienne.

Cher ami,

,, Après un voyage orageux qui m'a

M 2

„ déjà tout accoutumé à ma nouvelle vie ;

„ nous avons relâché à Lisbonne, pour

„ réparer le dommage de notre vaisseau.

„ Je saisis cette occasion pour vous écrire

„ & à tous mes amis. Hélas ! je ne con-

„ noissois pas la moitié des peines que je

„ devois éprouver, en me séparant de tout

„ ce qui m'est cher ; mon aimable Suckei

„ est toujours presente à mon imagination,

„ & je ne sçaurois envisager, sans une

„ frayeur inexprimable, la distance immen-

„ se qui nous sépare de plus en plus. Je

„ n'ai maintenant personne à qui confier

„ mes chagrins : je jette en vain les yeux

„ de tous côtés pour trouver mon cher

„ Thompson ; du moins si la fortune nous

„ avoit réunis dans le même voyage, je me

„ croirois heureux ; mais semblable à un

„ matelot qui a fait naufrage, & qui a été

„ jetté sur une terre inconnue, je cherche en

„ vain du secours dans mon désespoir. J'es-

„ pére que ma lettre vous trouvera en meil-

„ leure santé que quand je vous ai quitté ; &

„ que si la Providence me permet de revoir

„ un jour ma patrie, j'aurai le plaisir de vous

„ trouver guéri des peines que vous causoit

„ la perte irréparable que vous avez souf-

„ ferte.

„ J'ai prié mon pere de vous remettre

„ la lettre que j'écris à ma chere maîtresse,

„ & je me flatte que vous voudrez bien

„ la lui remettre ; je tremble tout en écri-

„ vant, qu'il ne soit arrivé quelques nou-

„ veaux malheurs depuis mon départ. Oh !

„ que cette cruelle incertitude de ce qui
„ se passe, est fâcheuse ! Je voudrois sou-
„ vent pouvoir me transporter en esprit
„ d'un lieu à un autre, pour m'assurer de
„ votre santé : il se pourroit faire que main-
„ tenant vous ou tout autre de ceux que
„ j'aime & que j'estime, soyez les victimes
„ des ravages de la mort. Que cette pen-
„ sée est affligeante ! je n'ose m'y livrer,
„ je crois que j'en perdrois l'esprit. Je comp-
„ te que M. Prig a soin de distraire votre
„ mélancolie ; faites-lui mes complimens.
„ Notre Capitaine & le reste de nos passagers
„ sont de fort aimables gens ; je suis aussi
„ heureux qu'il est possible de l'être dans
„ ma situation, & jusqu'à présent ma santé
„ s'est toujours bien soutenue. Adieu,
„ mon cher ami, je ne pourrai guère
„ vous donner de mes nouvelles avant
„ le retour des vaisseaux des Indes ; mais
„ je profiterai du premier qui partira,
„ pour vous écrire plus au long : prenez
„ soin de ma chere maîtresse ; tranquillisez-
„ la autant que vous pourrez, toutes les
„ fois que vous aurez le bonheur de la
„ voir, quoique je supose qu'elle est par-
„ tie maintenant avec son frere pour la
„ campagne. O Dieu, qui présidez à tous
„ les événemens & qui conduisez toutes
„ nos actions, conservez-moi la plus aimable
„ des femmes & le meilleur des amis. Adieu,
„ mon cher Thompson, comptez que je se-
„ rai éternellement votre affectionné ami.
„ *G. Diaper.*

CHAPITRE XXXIV.

Il est attaqué avec Prig par des voleurs.
Il y en a trois de pris, dont l'un se
trouve être Packer. Discours entre Thomp-
son & lui. Il est mis en prison, condamné
& exécuté. Observations sur sa conduite
à la mort. Messieurs Archer & Sharpley
arrivent à Londres.

J'Ecrivis à mon ami, & j'envoyai ma lettre par un vaisseau qui étoit prêt à mettre à la voile pour Lisbonne, & qui devoit probablement y arriver assez à tems pour l'informer de ce qui se passoit en Angleterre ; & par le même moyen j'envoyai une autre lettre pour mon Archer.

Un soir M. Prig & moi revenant de Hamstead, où nous étions allés nous promener à pied un peu plus tard qu'à l'ordinaire, nous nous trouvâmes dans la campagne entre Kent & Bloomsbury ; pour plus de sûreté nous portions nos épées nues, parce qu'on parloit beaucoup de vols qui avoient été faits entre Hamstead & Londres : déjà nous découvrions les lumieres de la rue du Lion rouge & de Queensquare, & nous comptions avoir évité tous les dangers : nous nous étions trompés. En passant dans un chemin étroit, nous vîmes quatre hommes sur le bord d'un fossé, deux d'un côté, deux

faisant des juremens
détestables, nous demandèrent la bourse,
si nous voulions sauver notre vie. Il étoient
armés chacun d'un pistolet ; ainsi nous ne
jugeâmes pas à propos de risquer notre
vie pour sauver un peu d'argent. Nous
rendîmes donc la bourse ; je leur dis en
même tems que c'étoit tout ce que nous
avions ; que nous avions laissé nos montres
chez nous & que nous les priions de ne pas
nous maltraiter. A la bonne heure, dit
l'un d'entre eux, & à l'instant il me tira
un coup de pistolet dont la balle m'effleura
l'épaule, & emporta un morceau de mon
habit. Nous jugeâmes bien qu'il n'y avoit
point de quartier à attendre de ces gens-là ;
c'est pourquoi nous mettant dos à dos,
nous nous préparâmes à nous défendre de
notre mieux : dans cet état, nous essuyâ-
mes un autre coup sans en être blessés,
& les deux autres pistolets ne partirent
point. Pour lors ils nous attaquèrent de
toutes parts avec des bâtons qu'ils portoient
sous leurs habits, nous nous débarrassâ-
mes de notre mieux ; cependant nous
appréhendions d'être accablés par le nombre, lorsqu'heureusement j'en blessai un
à l'épaule, & retirant mon couteau de
chasse, dont le tranchant étoit fort cou-
pant, & qui en même-tems étoit très-
pointu, je lui passai au travers du corps,
& le renversai à mes pieds il n'en fallut
pas davantage pour décourager les autres,
qui prirent aussi-tôt la fuite ; mais nous les

poursuivîmes si vigoureusément, en criant:
Au voleur, qu'ils furent pris tous les trois
au bout de la rue du Lion rouge. Nous les
fîmes entrer dans une maison publique,
d'où il nous étoit facile d'avoir du secours,
& de les faire mener devant le Magistrat.
On ne leur trouva point d'autres armes
offensives ; mais qu'elle fut notre surprise,
lorsqu'en considérant ces voleurs, nous
trouvâmes sur le visage de l'un deux, tous
les traits du malheureux Packer. Mon étonnement me fit jetter un cri : je lui demandai pourquoi non content de notre argent, il avoit voulu nous ôter la vie, ce
qui l'avoit réduit dans cet état : j'ajoûtai
que, dans une si triste situation, il devoit
s'attendre de voir tous ces crimes punis,
comme il le méritoit ; & que ce qui me fâ-
choit le plus, étoit d'avoir contribué moi-
même à le mettre entre les mains de la
Justice. Il me jetta un regard dédaigneux,
& me dit en jurant: La mort n'est qu'une ba-
gatelle, mais je suis désespéré de n'avoir
pas pu te la donner à toi-même ; si j'a-
vois pu te rencontrer, il y a long-tems
que tu aurois été la victime de mon ressentiment. Je lui dis que j'étois désespéré
de le voir dans de si mauvaises dispositions à mon égard ; que quoiqu'il m'eût
fait beaucoup de mal, & qu'il eût pensé
causer la mort de mon ami à Chelsea, je
ne me ressouvenois pas d'avoir jamais
rien fait qui pût autoriser un tel ressentiment. Non, repliqua-t-il ? n'est-ce pas

toi qui m'a fait chaſſer de chez M. Diaper,
en te mêlant de ce dont tu n'avois que faire?
Je l'aſſurai du contraire, & que tout ce que
j'avois fait dans cette occurrence, je n'avois
pu m'en diſpenſer, ſans trahir mon devoir,
& que je n'avois rien dit dans cette occaſion qui pût lui faire tort. En même-tems
pluſieurs perſonnes vinrent nous dire que
le voleur qui avoit été bleſſé, étoit mort :
& le Connétable étant entré dans le moment, nous menâmes les voleurs chez le
plus prochain Juge de paix. Le crime étoit
ſi évident, qu'il les envoya tous les trois à
Newgate. Les ſeſſions du old Bailey avoient
commencé dès la veille : leur procès fut
fait, & ils furent condamnés à la mort. Packer conſerva pendant tout le cours du procès une intrépidité ſurprenante, & je fus
fâché de le voir ſi changé. Il eſt certain
néanmoins que ſa diſpoſition preſente lui
étoit naturelle, au lieu que la douceur dont
il avoit fait parade autrefois, n'étoit qu'hy-
pocriſie & grimace.

Packer avoit eu beaucoup d'amis, mais
ſes mauvais déportemens les avoient tellement irrités, qu'aucun ne voulut s'employer pour lui, & il fut bientôt après exécuté à Tiburn avec les autres criminels ;
mais loin de rien avouer de ſes crimes, il
mourut dans un endurciſſement effroyable,
& ſans aucuns ſentimens de religion. Telle
fut la fin de ce malheureux. Quoique j'euſſe
reçu de lui quantité d'injures, ce ne fut
qu'avec peine que je me conſidérai comme

II. Partie.   N

une des caufes de fon fuplice. M. Diaper
fut aussi vivement touché de fon fort ; c'eût
été choquer la raifon & les égards que l'on
doit au public, de tâcher de le fauver : fans
cela il avoit affez d'amis pour efpérer d'y
réuffir. Cette mort fut bientôt fuivie de
celle de la malheureufe femme qu'il avoit
débauchée & entraînée dans le précipice :
j'eus le malheur d'en être encore le témoin.

J'ai fait plufieurs remarques fur la conduite de ce miférable dans fes derniers inf-
tans : on auroit peine à concevoir comment
un être capable de réflexions, peut être
frapé d'une fi grande infenfibilité, dans un
moment aussi terrible que celui de la fépa-
ration de l'ame & du corps, & lorfqu'il
eft prêt de fe plonger dans l'Océan im-
menfe & fans bornes de l'éternité : cependant on voit tous les jours des exemples de
cette ftupidité totale ; car on ne fçauroit
nommer autrement cette obftination dans
des momens où un malheureux n'a point
cette innocence & cette pureté, ce témoignage d'avoir agi comme une créature raifonnable, cette efpérance vive, & le defir
de l'immortalité, qui remplit le cœur, &
foutient l'efprit du jufte au moment de la
mort. L'anéantiffement total feroit plus fu-
portable pour eux, s'ils étoient capables de
penfer, que la certitude d'une vie à venir :
ils ne fentiroient point cette horreur fecrete
du néant ; au contraire l'idée leur en feroit
agréable. L'ignorance, cette ignorance con-

fommée que j'ai remarquée dans quelques hommes de la plus baſſe eſpece, peut être une raiſon du peu de ſoins qu'ils ont pour une choſe qu'ils connoiſſent ſi peu ; mais ne ſeroit-il pas plus à propos d'attribuer encore cette réſignation aux eſpérances qu'on leur fait concevoir, & aux promeſſes que leur font les Miniſtres de la religion ?

La procédure que nous avions été obligés de faire contre ce malheureux, nous avoit pris un tems conſidérable ; elle étoit à peine finie, que je retournai chez moi, où je trouvai une lettre de MM. Archer & Sharpley, qui m'aprenoient leur arrivée à Londres, & que n'ayant que huit jours à reſter dans cette ville, ils me prioient de leur tenir compagnie le plus ſouvent que je pourrois, & d'aller les joindre le ſoir mê- me à l'étendart dans *Leiceſter Fields*. Je fus charmé d'avoir occaſion de voir ces deux chers amis, que je chériſſois preſque autant que s'ils euſſent été mes peres. Je ne pouvois cependant m'imaginer quelles rai- ſons les attiroient à Londres, & je ſoup- çonnai que leur voyage avoit quelque ra- port à mes affaires, ou qu'il étoit arrivé quelque choſe d'extraordinaire à leurs fils, depuis les nouvelles que j'en avois reçues : ainſi ayant prié Prig de m'accompagner, j'attendis avec impatience l'heure du ren- dez-vous, & je me rendis au lieu qui m'a- voit été indiqué.

CHAPITRE XXXV.

Il va trouver MM. Archer & Sharpley. Il apprend d'eux le changement qui s'étoit fait dans les sentimens de Sir Walter, & les différends arrivés entre lui & son neveu. Il lui remet une lettre de la part de Fidele : ce qu'elle contient. Sa colère après l'avoir lue. Ses amis s'en retournent dans le Comté d'York. Prig part pour un voyage. Thompson devient mélancolique de plus en plus.

MOn entrevue avec ces dignes amis fut accompagnée des témoignages d'amitié les plus sinceres, qui partoient véritablement du cœur. Je leur présentai M. Prig comme un homme pour qui j'avois beaucoup d'estime, & ils me remercierent de cette faveur. Après les premiers complimens, je leur demandai des nouvelles de mon pere & de ma mere, & de leur famille. M. Sharpley me remit une lettre de mon pere, par laquelle il me mandoit que ma mere & lui étoient en bonne santé ; qu'il étoit obligé de retarder son voyage de Londres de trois mois, parce que la personne qui avoit ses fonds entre les mains, ne pourroit les lui remettre avant ce tems : il me disoit, en finissant, que si je ne voulois pas rester à Londres jusques-là, il seroit charmé de me voir dans le pays, que je pourrois y aller passer cet espace de tems. Il ne faisoit au-

cune réponse sur la permission que je lui
avois demandée de faire un voyage sur
mer , comme mon ami Diaper ; j'en
fus d'autant plus surpris , que je lui avois
demandé cette grace d'une maniere très-
pressante. M. Sharpley n'avoit accompagné
son ami à Londres que par pure civilité , &
pour satisfaire l'envie de me voir : car M.
Archer étoit venu pour quelques commis-
sions de son fils , qui négocioit à Oporto
avec beaucoup de succès. Quant au jeune
Sharpley , j'apris qu'il étoit second Lieutenant du vaisseau le Sviftsure , qu'il montoit après avoir quitté le Loo , & qu'il étoit
alors à la rade de Boston dans la nouvelle
Angleterre : j'en pris une notte , dans le
dessein de lui écrire à la premiere occasion. Nous nous entretinmes ensuite de
nos anciennes affaires. M. Archer me dit
qu'il étoit surpris de la démarche qu'avoit
faite mon ami Diaper , d'autant plus qu'il
avoit apris avec combien de facilité il auroit pu continuer le commerce , & rétablir sa fortune. Je lui répondis qu'il étoit
très-difficile à un homme qui s'est vu une
fois au comble de ses désirs , & à qui un
revers de fortune imprévu a fait perdre en
un instant la plus grande partie de son bien ,
d'avoir assez de courage & de persévéran-
ce pour recommencer de nouveau les mêmes travaux , sur tout quand l'amour s'en
mêle , & qu'il fait envisager tous les che-
mins ennuyeux qui pourroient le conduire à ses désirs , comme autant d'injures à

N 3

l'objet aimé, & d'obstacles à l'accom-
plissement de ses espérances ; que pour moi
j'excusois facilement mon ami, qui est un
jeune homme vif & impatient, de s'être
hazardé comme il avoit fait dans la certitude, que s'il passoit quelques années dans
son emploi avec le succès qu'on y rencontre ordinairement, il se trouveroit vrai-
semblablement dans une situation plus heureuse qu'il n'auroit pu l'espérer en passant
toute sa vie à commercer à Londres. Je
ne m'en tins pas-là : je lui dis que depuis
les cruelles aventures qui m'étoient arrivées, je prendrois plus volontiers le parti d'aller en mer que de suivre ma profession en
Angleterre, où mon ambition seroit continuellement arrêtée par l'idée d'avoir perdu tout ce qui pouvoit m'engager à suporter les embarras inséparables des affaires.
Je ne pus m'empêcher de répandre des
larmes à la fin de ce discours, en présence de deux personnes qui me rapelloient
vivement à l'esprit les circonstances de
ma malheureuse passion. Ils furent fort
touchés de cette résolution, & se sen-
tirent naturellement portés à plaindre avec
moi la perte de ma chere Louise, & ils le
firent dans des termes qui me prouverent in-
contestablement l'intérêt qu'ils y prenoient.
Je connois si bien la sensibilité de votre
cœur, me dit M. Archer, que j'aurois été
fort embarrassé de la façon de m'y prendre
pour vous en parler, si vous ne m'eussiez vous-
même mis sur les voies ; mais je crois pouvoir vous instruire mieux que personne de

histoire de cette jeune Dame, & des changemens que sa perte a causés dans sa famille, qui sont tels, que le recit même vous
attendrira. Je m'efforçai de retenir mes
larmes, & le priai de continuer ; ce qu'il
fit de la maniere suivante. Sir Valter n'é-
toit pas present lors de la mort de sa fille ;
il étoit allé à York avec le malheureux
Bruyer son neveu, pour arranger quelques
affaires concernant le mariage qu'il vouloit
contracter entr'elle & ce neveu ; il avoit
employé toute son autorité pour obtenir
son consentement ; mais n'ayant pu y parvenir, il l'avoit quittée, en la menaçant
de tous les mauvais traitemens que sa rage
pouvoit lui inspirer, si elle ne se rendoit à
ses desirs quand il seroit de retour. Sa sœur,
en lui aprenant la fâcheuse nouvelle de la
mort de Miss Louise, lui manda de son
neveu des choses, qui l'obligerent à le con-
gédier sur le champ ; & il fut si touché de
cette perte, qu'il ne put prendre sur lui
d'aller à Taunton où elle avoit été enterrée
dans la sépulture de sa famille : car vous
savez que la maison de Sir Valter est ori-
ginaire de Sommerset. Sa sœur fut tellement
touchée de cette perte, qu'elle partit aussi-
tôt pour se rendre en France, dans l'intention d'y passer le reste de ses jours ; mais
ce ne fut qu'après lui avoir reproché sa
cruauté & sa barbarie, dans les termes les
plus violens que son chagrin put lui suggérer. Il a toujours demeuré depuis à sa maison du pays de York, & il est si changé,
qu'il a abandonné tout à fait ses anciens

plaisirs. J'ai été prendre congé de lui avant
que de partir ; & lui ayant dit que je me
proposois d'aller à Londres , il répandit des
larmes , & me pria d'un ton triste & ab-
battu , de faire ses complimens au pauvre
Thompson , & de l'assurer qu'il avoit un
violent chagrin de tout ce qu'il avoit fait
contre lui & sa chere fille. Si j'avois sçu ,
continua-t-il , le mérite de ce jeune homme , aussi bien que je le connois à present ,
je crois que j'aurois surmonté ma répugnance , & que je lui aurois donné ma
fille , au lieu de chercher, comme je faisois , à la sacrifier au plus méchant & au
plus indigne de tous les hommes. Hélas !
je ne puis réparer cette faute qu'en l'assurant que j'aurai toujours pour lui autant
d'estime que s'il étoit mon fils ; & je vous
prie de lui dire, que si je suis assez heureux pour pouvoir lui être utile , il peut
disposer entierement de moi & de ma fortune. Cette déclaration me causa d'autant
plus de surprise, que j'apris en même-tems
que Fidéle , femme de chambre de sa fille ,
avoit cédé à ses instances & aux desirs de votre mere, qu'elle a quitté M. Goodvill , &
qu'elle est maintenant concierge de Sir Valter. Il ne fait rien sans la consulter , & cherche à la dédommager par toutes sortes de
moyens de la perte de sa maîtresse. Cette
bonne fille m'a donné une lettre pour vous,
en sortant de chez Sir Valter : je la pris ;
& ayant reconnu l'écriture de Fidéle , j'y
trouvai ce qui suit.

mort de cette jeune Dame, & des changemens que sa perte a causés dans sa famille, qui sont tels, que le recit même vous
surprendra. Je m'efforçai de retenir mes
larmes, & le priai de continuer ; ce qu'il
fit de la maniere suivante. Sir Valter n'é-
toit pas present lors de la mort de sa fille ;
il étoit allé à York avec le malheureux
Bruyer son neveu, pour arranger quelques
affaires concernant le mariage qu'il vouloit
contracter entr'elle & ce neveu ; il avoit
employé toute son autorité pour obtenir
son consentement ; mais n'ayant pu y parvenir, il l'avoit quittée, en la menaçant
de tous les mauvais traitemens que sa rage
pouvoit lui inspirer, si elle ne se rendoit à
ses desirs quand il seroit de retour. Sa sœur,
en lui aprenant la fâcheuse nouvelle de la
mort de Miss Louise, lui manda de son
neveu des choses, qui l'obligerent à le con-
gédier sur le champ ; & il fut si touché de
cette perte, qu'il ne put prendre sur lui
d'aller à Taunton où elle avoit été enterrée
dans la sépulture de sa famille : car vous
savez que la maison de Sir Valter est ori-
ginaire de Sommerset. Sa sœur fut tellement
touchée de cette perte, qu'elle partit aussi-
tôt pour se rendre en France, dans l'intention d'y passer le reste de ses jours ; mais
ce ne fut qu'après lui avoir reproché sa
cruauté & sa barbarie, dans les termes les
plus violens que son chagrin put lui suggérer. Il a toujours demeuré depuis à sa maison dit pays de York, & il est si changé,
qu'il a abandonné tout à fait ses anciens

plaifirs. J'ai été prendre congé de lui avant
que de partir ; & lui ayant dit que je me
propofois d'aller à Londres , il répandit des
larmes , & me pria d'un ton trifte & ab-
battu , de faire fes complimens au pauvre
Thompfon , & de l'affurer qu'il avoit un
violent chagrin de tout ce qu'il avoit fait
contre lui & fa chere fille. Si j'avois fçu ,
continua-t-il , le mérite de ce jeune homme , auffi bien que je le connois à prefent ;
je crois que j'aurois furmonté ma répugnance , & que je lui aurois donné ma
fille , au lieu de chercher, comme je faifois , à la facrifier au plus méchant & au
plus indigne de tous les hommes. Hélas !
je ne puis réparer cette faute qu'en l'affu-
rant que j'aurai toujours pour lui autant
d'eftime que s'il étoit mon fils ; & je vous
prie de lui dire , que fi je fuis affez heureux pour pouvoir lui être utile , il peut
difpofer entierement de moi & de ma fortune. Cette déclaration me caufa d'autant
plus de furprife, que j'apris en même-tems
que Fidéle , femme de chambre de fa fille ,
avoit cédé à fes inftances & aux defirs de votre mere , qu'elle a quitté M. Goodvill , &
qu'elle eft maintenant concierge de Sir Valter. Il ne fait rien fans la confulter , & cherche à la dédommager par toutes fortes de
moyens de la perte de fa maîtreffe. Cette
bonne fille m'a donné une lettre pour vous,
en fortant de chez Sir Valter : je la pris ;
& ayant reconnu l'écriture de Fidéle , j'y
trouvai ce qui fuit.

Monfieur,

„ J'efpére, que vous me pardonnerez
„ la liberté que je prends, quand vous
„ fçaurez les raifons qui m'engagent à vous
„ écrire, ma reconnoiffance d'une part, &
„ de l'autre des chofes qui regardent ma
„ chere maîtreffe. Permettez-moi, d'a-
„ bord, Monfieur, de vous remercier de
„ tout mon cœur des bons traitemens que
„ j'ai reçus de M. & Me. Goodvill, depuis
„ que vous m'avez placée chez eux. Je
„ n'oublierai jamais les marques d'amitié
„ que vous m'y avez accordées pendant
„ tout ce tems. Vous ferez peut-être furpris
„ d'aprendre que je fuis retournée chez mon
„ ancien maître, après bien des follicita-
„ tions de fa part, & par les ordres de Ma-
„ dame votre mere ; il m'a bien dédom-
„ magée, en me mettant à la tête de fa
„ maifon, cependant tous les objets qui fe
„ prefentent à mes yeux contribuent à
„ perpétuer le fouvenir fâcheux de la perte
„ irréparable de Miff Louife, que perfon-
„ ne ne peut reffentir auffi vivement que
„ vous. Sir Valter a pris ce malheur ex-
„ trêmement à cœur, & il eft maintenant
„ fi changé, que fi quelqu'un de la mai-
„ fon s'avifoit de dire la moindre chofe
„ contre vous, c'en feroit affez pour être
„ chaffé fur le champ. J'ai raffemblé de fes
„ différentes converfations plufieurs chofes,
„ dont je vous informerai, fi j'ai jamais le
„ bonheur de vous revoir ; mais il y en a
„ deux dont je ne puis me difpenfer de vous
„ inftruire. C'eft avec le plus grand chagrin

„ qu'elle m'a déclaré le stratagême dont son
„ neveu s'est servi , & qui à la fin a été
„ fatal à Miss Louise; ç'a été de divulguer
„ dans le pays qu'il vous avoit tué en duel;
„ & depuis cette histoire , elle n'a jamais
„ eu de santé. Sir Valter a apris encore par
„ un des gens de l'Ecuyer , le mauvais
„ traitement que vous aviez reçu , en allant
„ chez M. Goodvill , & qu'il vous avoit
„ fait attaquer par des coupe-jarets auprès
„ de sa maison. Ces deux circonstances
„ jointes au peu de respect qu'il a pour la
„ mémoire de ma maîtresse , l'ont telle-
„ ment fait hair de son oncle , qu'il lui a
„ défendu de mettre le pied dans sa mai-
„ son , & de se trouver par-tout où il se-
„ roit. Il a résolu aussi de ne pas lui laisser
„ un sol de son bien , s'il est possible. Ce
„ méchant homme s'est retiré plein de ra-
„ ge , dans une petite terre qu'il possede
„ auprès de Doncastre , où il aura tout le
„ tems de réfléchir sur ses crimes, & sur
„ la fortune qu'il a perdue par sa faute. Je
„ prie le Ciel de vous être favorable , &
„ de vous donner la force de résister à vo-
„ tre accablement & à votre tristesse. Je
„ suis , &c.   *Fidéle Heart Vell.*

Le contenu de cette lettre renouvella
toutes mes peines ; je déplorai ma perte
d'une maniere si tendre , & je me laissai
aller à des transports de rage & des des-
seins de vengeance si violens contre les
auteurs de mes maux, que mes amis eurent
toutes les peines du monde à calmer mes
agitations. Je murmurai même contre Sir

... de s'être laissé tromper si long-tems par ce misérable, qui méritoit mille fois plus de mal qu'il n'en souffroit; & je vomis contre celui-ci toutes les imprécations que le souvenir de ma perte put me suggérer.

Quand j'eus ainsi donné un libre cours à ma douleur & à ma rage, je cédai à la priere de mes trois amis, & je devins un peu plus tranquille: de tems en tems je soupirois, & les larmes se faisoient passage malgré moi.

Nous employâmes assez gracieusement le reste de la soirée; & comme mes amis n'avoient pas pris de logement, je priai l'un d'accepter une partie de mon lit, & l'autre de partager celui de M. Prig, qui avoit été enchanté de la conversation, & qui desiroit sincérement de profiter de leur compagnie pendant tout le séjour qu'ils devoient faire à Londres.

Je ne pouvois me déterminer absolument à retourner dans le pays d'York: mon cœur étoit trop sensible toutes les fois que j'entendois parler de ma chere Louise, pour songer d'aller dans un lieu, où tous les objets n'auroient pas manqué de renouveller une douleur que les efforts de mes amis, les miens & les fréquens changemens de lieux & de compagnie avoient en quelque façon assoupie: ainsi j'écrivis à mon pere que j'attendrois son arrivée à Londres, & j'appuyai ma résolution par des raisons dont il dut être satisfait.

Après avoir tenu fidele compagnie à mes

amis pendant dix jours qu'ils reſterent à Londres, & les avoir conduit ſouvent à la maiſon de campagne de M. Diaper, où ils furent très-bien reçus; en conſidération de ſon fils & de moi j'eus toutes les peines du monde à me ſéparer d'avec eux : ils partirent pour le pays d'York, après avoir terminé leurs affaires à leur ſatisfaction, & nous les accompagnâmes, Prig & moi, juſqu'à vingt ou trente milles de Londres, où nos adieux furent très-tendres. Bientôt après je fus encore privé de mon ami Prig, qui fut obligé de faire un voyage vers l'occident de l'Angleterre, pour quelques procès qu'il penſoit devoir le retenir trois ou quatre mois. Je me trouvai tout d'un coup livré à mes propres réflexions, & je m'abandonnai à toute l'affliction qu'elles me cauſoient. Je m'enfermai des journées entieres dans ma chambre à pleurer la mort de ma pauvre Louiſe, dont l'image m'étoit toujours preſente. M. Deacon aprit ce changement avec peine; il vint me voir plus ſouvent, & m'introduiſit dans ſes ſociétés, où il faut convenir, que l'abſurdité comique de ces connoiſſances m'arrachoit quelquefois un ſourire, & faiſoit un peu diverſion à mes peines; mais j'aurois eu beſoin de mon cher Diaper : ſes raiſonnemens ſages, & ſes réflexions conſolantes, m'auroient ſans doute inſpiré plus de patience : en un mot, je commençai à être à charge à moi-même, & à tous ceux qui m'environnoient.

Fin de la ſeconde Partie.